《我们爱楹联》编委名单

编委会主任◎安春树

副　主　任◎周克祥　雷正英　阳　燕　赵晓其

编辑部主任◎雷祥艳

副　主　任◎蒋颖娟　左　容　熊　薇　张成恂

成　　　员◎王源源　陈泳交　阳秀兰　郑春兰
　　　　　　陈晓琴　邹玉兰　宋旭峰　吴晓志
　　　　　　李雪梅　樊　海　曾　灿

我们爱楹联

重庆市九龙坡区蟠龙小学校 ◎编著

四川大学出版社
SICHUAN UNIVERSITY PRESS

图书在版编目（CIP）数据

我们爱楹联 / 重庆市九龙坡区蟠龙小学校编著. — 成都：四川大学出版社，2022.5
ISBN 978-7-5690-5471-2

Ⅰ．①我… Ⅱ．①重… Ⅲ．①对联－文化研究－中国 ②小学－校园文化－建设－研究－九龙坡区 Ⅳ．① I207.6 ② G627

中国版本图书馆CIP数据核字（2022）第088024号

书　　名：	我们爱楹联 Women Ai Yinglian
编　　著：	重庆市九龙坡区蟠龙小学校

选题策划：徐　凯
责任编辑：徐　凯
责任校对：毛张琳
装帧设计：墨创文化
责任印制：王　炜

出版发行：四川大学出版社有限责任公司
　　　　　地址：成都市一环路南一段24号（610065）
　　　　　电话：（028）85408311（发行部）、85400276（总编室）
　　　　　电子邮箱：scupress@vip.163.com
　　　　　网址：https://press.scu.edu.cn
印前制作：四川胜翔数码印务设计有限公司
印刷装订：四川省平轩印务有限公司

成品尺寸：170 mm×240 mm
印　　张：9.5
字　　数：148千字

版　　次：2022年8月 第1版
印　　次：2022年8月 第1次印刷
定　　价：46.00元

本社图书如有印装质量问题，请联系发行部调换

◆版权所有◆ 侵权必究

四川大学出版社
微信公众号

序

楹联自古就享有"诗中之诗"的美誉，它历史悠久，深受人民喜爱。它集诗词、哲学、书法、政治、科技、思想、文化和民俗于一体，是中华民族传统文化的精粹之一。它不仅有很高的文学价值，而且蕴含着深刻的哲理，充满了唯物辩证色彩，读后给人理性的启迪。

九龙楹联作为"巴渝十大民间艺术"之一，是重庆市对外宣传的一张靓丽的文化名片。时代需要我们的教育继承传统文化中最优秀的元素。蟠龙小学地处九龙坡区九龙镇，责无旁贷地应当传承和发扬这一优秀的传统文化。

蟠龙小学得古镇楹联文化多年的浸染，近年来，随着"艺术之乡"新城建设的步伐，未来的楹联主题文化公园、展馆等将与我校毗邻而居。独有的区域文化底蕴和地理优势为楹联文化的传承与发展提供了丰厚的土壤。我校植根于中华传统文化，立足区域优势，构建了楹联特色校园文化，以此促进学校的特色发展，做到文化兴生、文化兴师、文化兴校，从而实现建优雅学校、修儒雅教师、成文雅学生的美好愿景。

蟠龙小学是九龙镇楹联基地学校，多年来在楹联这片领域勤勤恳恳地耕耘，也取得了一些成绩，有了一些心得，我们从楹联课程相关图片、师生楹联作品选、楹联课程教学设计及楹联论文这几个方面较为系统地展示了蟠龙小学多年来开展楹联课程的部分成果。

谨以此书献给楹联爱好者，欢迎批评指正。

目　录

楹联课程图片集 ……………………………………………（1）
　"悦读阅美"读书月活动之楹联趣味知识竞赛图片摘选 ………（1）
　2020年楹联主题元旦节目汇演活动图片摘选 …………………（6）
　楹联特色新生开笔礼 ………………………………………（9）
　微信公众号"九龙联苑""楹联风"图片摘选 ………………（13）
　楹联课及诵读活动图片摘选 ………………………………（36）
　楹联书法活动图片 …………………………………………（42）
　楹联硬笔书法比赛活动图片摘选 …………………………（46）
　参观书法特色学校新工小学图片摘选 ……………………（51）
　涂楹联贺卡活动图片摘选 …………………………………（54）
　楹联市级课题子课题阶段性汇报图片摘选 ………………（56）

蟠龙小学师生楹联作品选 …………………………………（58）
　蟠龙小学教师楹联作品选 …………………………………（58）
　蟠龙小学学生楹联作品选 …………………………………（65）

蟠龙小学优秀楹联教学设计集 ……………………………（72）
　叠字联教学设计 …………………………………… 张成恂（72）
　《趣味书房联》教学设计 ………………………… 张真臻（77）
　《吕蒙正写春联的故事》教学设计 ……………… 邹玉兰（80）
　《蒋焘的故事》教学设计 ………………………… 李雪梅（83）
　《王羲之巧写门联》教学设计 …………………… 刘　洁（86）
　《鸡》教学设计 …………………………………… 雷祥艳（87）

《加字联》教学设计……………………………………… 杨　珺（90）
《春联学问知多少》教学设计…………………………… 赵顺会（94）

蟠龙小学教师楹联论文选 ………………………………………（97）
　　古韵入课堂　对仗生情趣 ………………… 左　容　安春树（97）
　　摸索中前进　前进中摸索
　　——浅析在小学开展楹联课程的得与失 …………… 雷祥艳（101）
　　楹联课，开讲啦！
　　——楹联课课堂教学模式初探 ……………… 张成恂　阳　燕（105）
　　巧用小楹联　活学大语文 …………………………… 左　容（109）
　　论小学楹联课程的发展趋势 ………………………… 张成恂（114）
　　继承传统文化　启发子孙后代
　　——浅析我的楹联教学 ……………………………… 郑春兰（119）
　　借力楹联，提升学生的语言建构与运用能力
　　……………………………………………… 雷祥艳　赵晓其（122）
　　小学对联教学策略初探 ……………………………… 李雪梅（128）
　　传承传统文化　铸魂育人
　　——试谈在小学生中开展楹联书法的实践探究 …… 宋旭峰（131）
　　培养低年级学生"抗仄"能力教育研究 …… 王源源　雷正英（136）
　　借力寓言，历练阅读高阶思维 ……………………… 蒋颖娟（140）

楹联课程图片集

"悦读阅美"读书月活动之
楹联趣味知识竞赛图片摘选

图1

图 2

图 3

图 4

图 5

图 6

图 7

图 8

图 9

2020年楹联主题元旦节目汇演活动图片摘选

图1

图2

图 3

图 4

图 5

图 6

楹联特色新生开笔礼

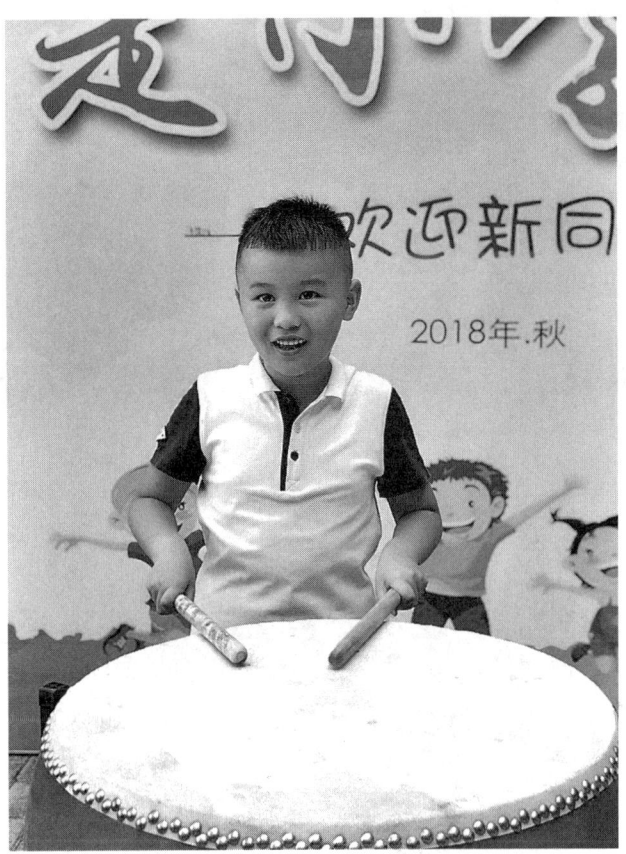

图1

图 2

图 3

图 4

图 5

图 6

图 7

微信公众号"九龙联苑""楹联风"图片摘选

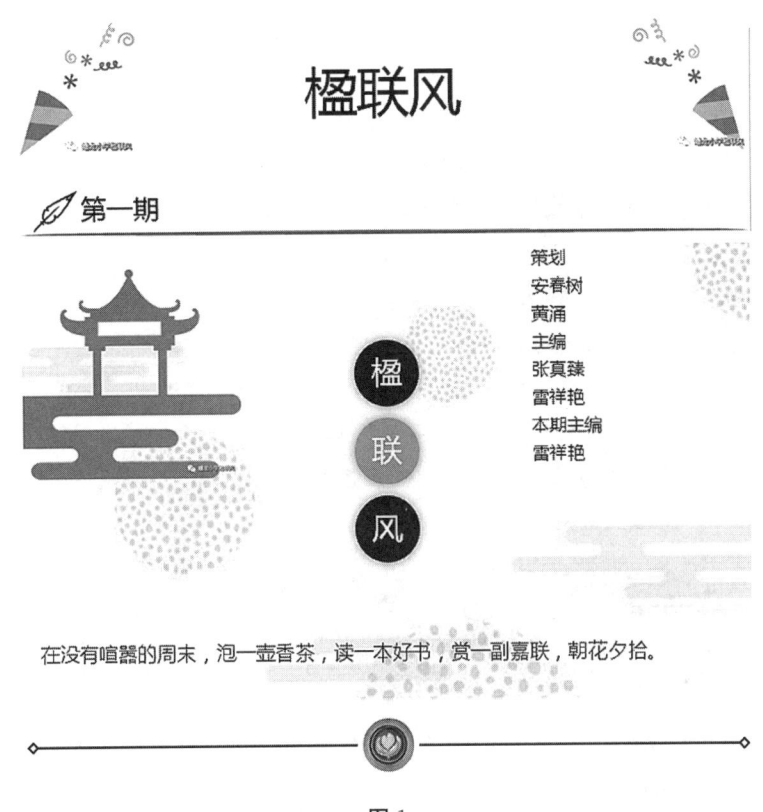

图 1

教师星光

巴西辉圣火；女将展雄风。——黄萌

新城都市范；蜡小未来图。——廖富均

勤劳收硕果；智慧起宏图。——沈强

人老心不老；体衰志不衰。——阳燕

雨润春光美；心同国力强。——郑春兰

同欣今盛世；更乐后人贤。——张真臻

九龙创大业；蜡小展宏图。——黄爱明

圆祖国复兴梦；绘人民致富图。——左容

鱼喜彩云邻水；蝶忙春树菩花。——吴晓志

园中桃李年年秀；眼里红花朵朵鲜。——邹玉兰

虎跃龙腾圆国梦；莺歌燕舞庆丰年。——雷祥艳

园丁沥血培桃李；社会扶贫共热凉。——张成恂

瑞雪迎春欢有岁；金鸡报晓展宏图。——王源源

呈异彩，皇庭珠宝；启新程蜡小春风。——李雪梅

图 2

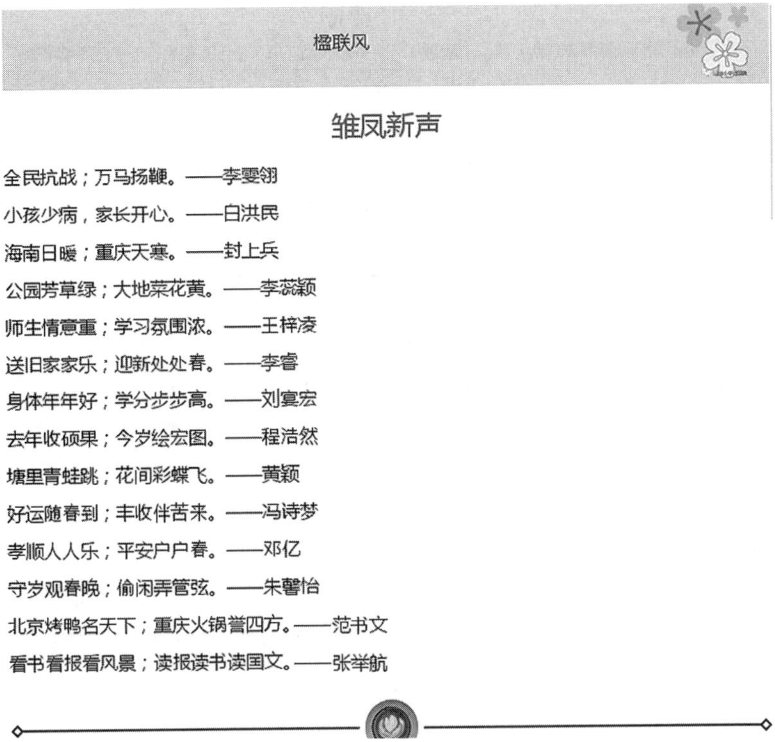

楹联风

雏凤新声

全民抗战；万马扬鞭。——李雯翎
小孩少病，家长开心。——白洪民
海南日暖；重庆天寒。——封上兵
公园芳草绿；大地菜花黄。——李蕊颖
师生情意重；学习氛围浓。——王梓凌
送旧家家乐；迎新处处春。——李睿
身体年年好；学分步步高。——刘宴宏
去年收硕果；今岁绘宏图。——程洁然
塘里青蛙跳；花间彩蝶飞。——黄颖
好运随春到；丰收伴苦来。——冯诗梦
孝顺人人乐；平安户户春。——邓亿
守岁观春晚；偷闲弄管弦。——朱馨怡
北京烤鸭名天下；重庆火锅誉四方。——范书文
看书看报看风景；读报读书读国文。——张举航

图3

楹联小秘密

我们都知道写楹联要仄起平收,上联最后一个字必须是仄声字,下联最后一个字必须是平声字。

其实楹联的上下联其他部分也要求平仄相对哦!举个例子:

"鼓作新年到;龙腾好运来。""鼓作"仄仄对"龙腾"平平,"新年"平平对"好运"仄仄。上联仄仄平平仄对下联平平仄仄平,十分工整。

这个楹联的小秘密十分重要哦!

奇葩故事会

明朝才子解缙才思敏捷,他写的对联新巧别致,如:"蒲叶桃叶葡萄叶,草本木本;梅花桂花玫瑰花,春香秋香。"一个同僚嫉妒解缙,故意当众讥讽他,出了上联:"二猿断木深山中,小猴子也敢对锯(句)",解缙立刻出口道:"一马陷足污泥中,老畜牲怎能出蹄(题)。"其人当众出丑,羞愧而去。

图 4

图 5

父母的世界很小,只装满了我们。我们的世界很大,常忽略了他们。他们经常忘了我们已经长大,就像我们经常忘了他们,已经渐渐白发。这个世界上,再也没有任何人,可以像父母一样,爱我们如生命。愿天下所有的父亲,父亲节日快乐、健康长寿!

送给爸爸的楹联

终为人师终为父;
更乃儿友更乃亲。

少时但得父母乐;
老来自有子孙贤。

顶天立地擎全家风雨;
文韬武略握神州乾坤。

图 6

奇葩故事会

"风声雨声读书声,声声入耳,家事国事天下事,事事关心"。这副对联在我国古代著名书院之一的东林书院。它创建于北宋政和元年。

这副对联表现的是读书人既认真读书,又有关心国家大事的胸怀,和"两耳不闻窗外事;一心只读圣贤书"的思想恰恰是一个反对。

常常看到有识之士把这副对联当作自己的座右铭来勉励自己刻苦学习,报效祖国,如果作者可以看到今天的人们依然这样认同他的思想,一定会倍感欣慰。现在这副对联就悬挂在东林书院内,受到往来游客的观瞻。

图 7

楹联小秘密

对联的起源和发展

对联起于何时？对联起源于书桃符。远在周代就有用桃木来镇鬼驱邪的风俗。桃符本来只是挂在大门两旁的长方形桃木板。每年春节前夕，人们总要用新桃符替换下旧桃符。王安石的"千门万户曈曈日，总把新桃换旧符"说的就是此事。

至于在桃符上题对子，则是自西蜀孟昶之后而盛行于宋代的。《蜀梼杌》说："蜀未归宋之前，昶令学士辛寅逊题桃符版于寝门，以其词非工，自命笔云：'新年纳余庆，佳节号长春。'后蜀平，朝廷以吕余庆知成都，而长春太祖诞节名也。"这即是对联起源的故事。

对联最早的起源在西蜀，较为广泛的应用则是在宋代。元代则有些冷落。对联的真正鼎盛时期，则是在明、清两代。

图 8

红岩魂
阴云满天恐怖白雾绕重庆
丹心一片染血红岩迎黎明

华蓥山中游击队让敌人闻风丧胆
重庆市里地下党令特务抓耳挠腮

英烈身躯犹可困
壮士雄心不能囚

品红岩忆先辈千百英烈坚贞不屈
继遗志看后生亿万学子奋发图强

歌乐山上忠心耿耿扬笔挥墨书写英雄华彩
渣滓洞内铁骨铮铮焚骨断筋铸就红岩英魂

红梅傲骨点点英雄血
青松正气拳拳赤子心

革命先烈抛头颅洒热血英勇就义
狱中战士绣红旗唱凯歌视死如归

图 9

奇葩故事会

半副对联慑群魔

十九世纪末，八国联军对我国发动了疯狂的侵略战争，先后占领了天津和北京。腐败的清政府毫无抵御能力，屈膝求和。据说，在议和会议开始之前，某国的一位代表，想借此侮辱中国人民。于是，他对清政府的代表说："对联，是贵国特有的一种文学形式。现在我出一联，你们如能对上，我给你们磕五个头，如对不上，也应如此。"在清政府的代表未置可否之时，他脱口念出了上联："琵琶琴瑟八大王，王王在上。"在"琵琶琴瑟"四字上面，共有八个"王"字，用来指代"八国联军"，同时，也用以炫耀征服者不可一世的狂妄气焰。在场的其他帝国主义分子听了，不约而同地发出一阵阵笑声。清政府的代表中，有的呆呆地发笑；有的虽然胸有不平，但无词可答；首席代表更是惶恐不安，头晕眼花。这时，只见代表团中的一书记员，投笔而起，铿锵答对："魑魅魍魉四小鬼，鬼鬼犯边。""魑魅魍魉"是传说中能害人的四种妖怪，联语不仅对仗工稳，而且以蔑视的口吻严厉谴责了帝国主义像害人的"小鬼"一样，经常侵犯我国主权的罪行。其他代表听了，心里出了一口气；侵略者们听后，个个愕然肃目；那个挑衅的人听了瞠目结舌，不得已向北半跨半跪地磕了一个头，引起哄堂大笑。

图 10

九龙联苑

网络联语应对

关门谢客非无礼；
灭疫祛瘟最有情。
　　　（左容）

家中自守；
邻里相帮。
　　　（张静）

齐心防大疫；
协力渡难关。
　　　（田太华）

祛除疾病魔将灭；
守护家园志更坚。
　　　（朱兆映）

千里驰援武汉；
万民力拒瘟神。
　　　（曾红贵）

图11

九龙联苑 >

天天上网把书读

刘力铭

八戒西边取经去,
金鼠东边送春来。
冠状病毒竟添乱,
干扰人们过新年。
全国人民不惊慌,
居家就是上战场。
打好这场阻击战,
举国上下尽安康。
遵纪守法要牢记,
莫让谣言帮倒忙。
远程教育真及时,
在家就能把课上。
天天上网把书读,
全体同学惜时光。
待到正式上学时,
赶上进度不慌张。

图 12

九龙联苑 >

闭户封城防扩散；
调兵遣将利攻坚。
（张成恂）

万物有灵，奈何积习难返；
千军无畏，应有良方可除。
（贺梅灵）

复工行课需兼顾；
送药运粮要统筹。
（雷正英）

病魔肆虐；
天使逆行。
（阳秀兰）

恶疫如魔鬼；
大医似战神。
（沈强）

图 13

九龙联苑

天使竞奔前线；
人民齐战后方。
（王源源）

如今闾巷静；
来日楚天舒。
（陈晓琴）

瘟君散毒我消毒；
灾难无情人有情。
（吴丽）

新冠肆虐冬无尽；
天使逆行春早来。
（阳燕）

白衣连夜抵危境；
迷彩兼程无畏途。
（雷祥艳）

图 14

九龙联苑 >

中国力量

郑春兰

我从来没有想过，
2020年的春节注定不寻常。
没有鞭炮的喧嚣，
有的只是医务工作者承诺的口号。
没有无助与彷徨，
有的只是请战书上鲜红的印章。

我从来没有见过，
一支庞大的队伍奔向前方，
只因为救死扶伤。
他们是芸芸众生中最美的逆行者，
从不计较得与失，
却要把病毒阻断在蔓延的路上。

我从来没有思索过，
众志成城在人心中的分量。
没有统一的口号，
却有着相同的目标——全面抗疫。
等待着拨云见日，
这恰好是无坚不摧的中国力量！

图15

九龙联苑

过节人人乐；
求知日日勤。
（蟠龙小学四·二班：陶怡宝）

展示新风貌；
争当好少年。
（蟠龙小学四·四班：童思琪）

幸福随张张笑脸；
天真见颗颗童心。
（蟠龙小学五·一班：徐易萍）

欢歌迎节日；
妙舞乐童年。
（蟠龙小学五·一班：王夕茹）

家乡兴大业；
学校育新苗。
（蟠龙小学五·二班：陶若灵）

图 16

九龙联苑 >

放飞梦想；

收获辉煌。

（蟠龙小学五·三班：许瀚轩）

田野新苗壮；

校园笑脸多。

（蟠龙小学六·一班：唐曼芝）

小树逢春雨；

红花乐艳阳。

（蟠龙小学六·二班：胡馨予）

春雨天天润；

花儿朵朵红。

（蟠龙小学六·二班：王彦入）

室中歌阵阵；

台上舞翩翩。

（蟠龙小学六·三班：骆宣宇）

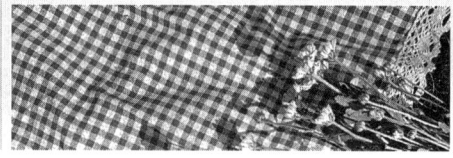

图17

楹联风 >

Summer

Sunshine

Sunshine

图 18

楹联风 >

Summer

Sunshine

图 19

楹联风 >

图 20

楹联风 >

图 21

楹联风

图 22

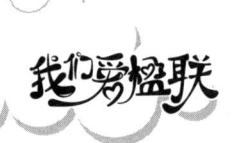

楹联风 >

2019年11月9日上午九点，蟠龙小学三年级八班的14名同学在雷祥艳老师的带领下参加了九龙文化站的雕版印刷体验活动。

同学们满怀期待，早早地来到了文化站门口排队。九龙文化站聘请的杨老师从楹联的"楹"字入手，让孩子们思考"楹"字为何有个木字旁。同学们反应迅速，立马想到了楹联课上学到的知识，异口同声地答出最早的对联是刻在木头上的，得到了杨老师的表扬。

图 23

楹联风

图 24

杨老师耐心地给孩子们讲解了雕版印刷的步骤和注意事项,并给孩子们演示了印刷流程。孩子们耐心倾听,在心里默默记下了操作流程。很多孩子在第一遍就挑战成功了。

图 25

楹联风 >

图 26

图 27

楹联风

图 28

图 29

图 30

楹联课及诵读活动图片摘选

图1

图2

图 3

图 4

图 5

图 6

图 7

图 8

图 9

图 10

图 11

楹联书法活动图片

图1

图2

图 3

图 4

图5

图6

图7

图8

楹联硬笔书法比赛活动图片摘选

图1

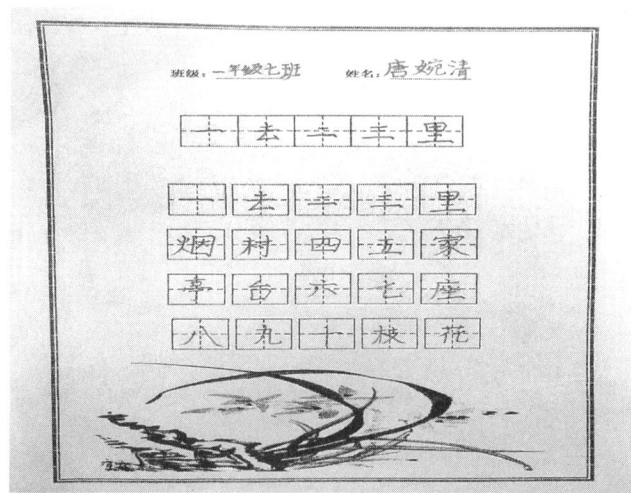

图2

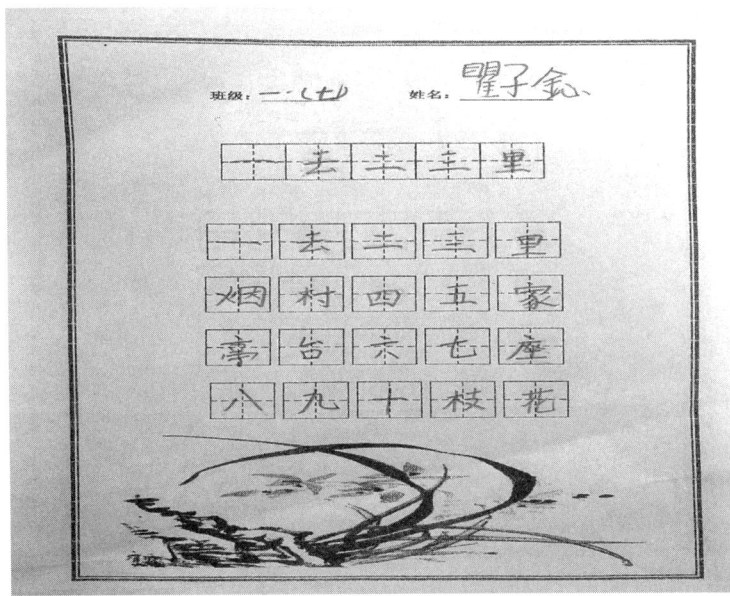

图 3

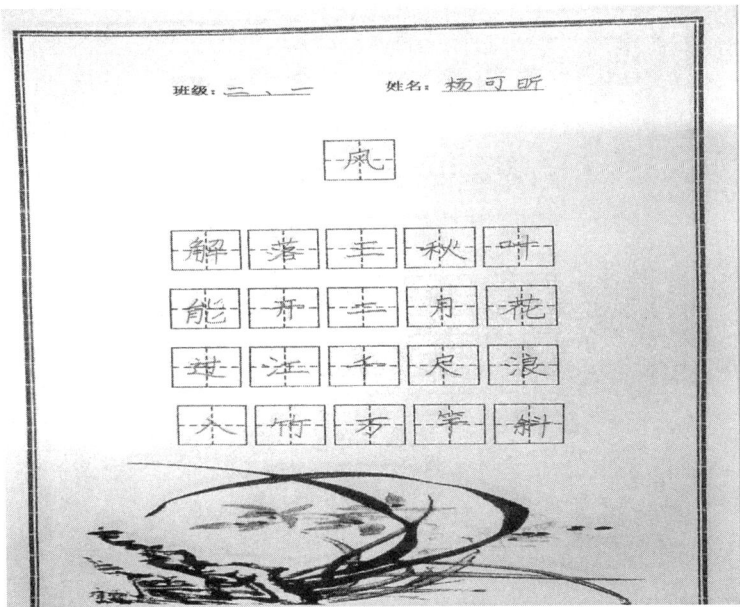

图 4

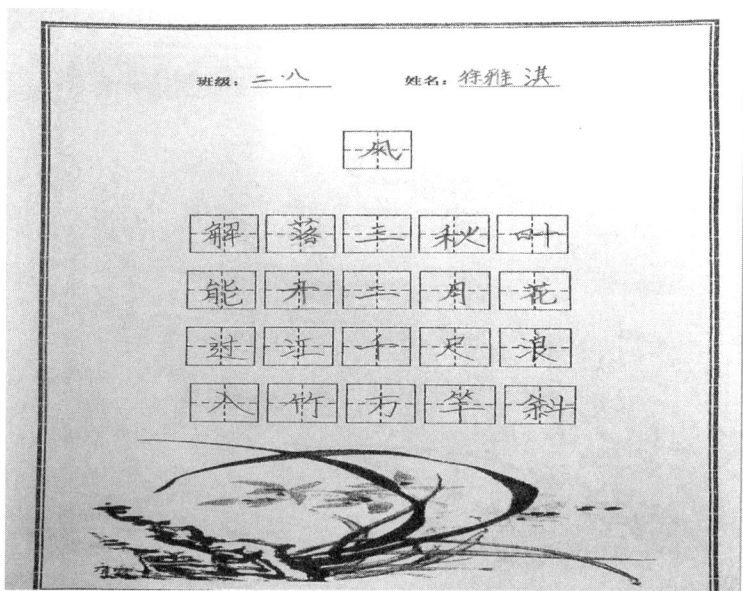

图5

图6

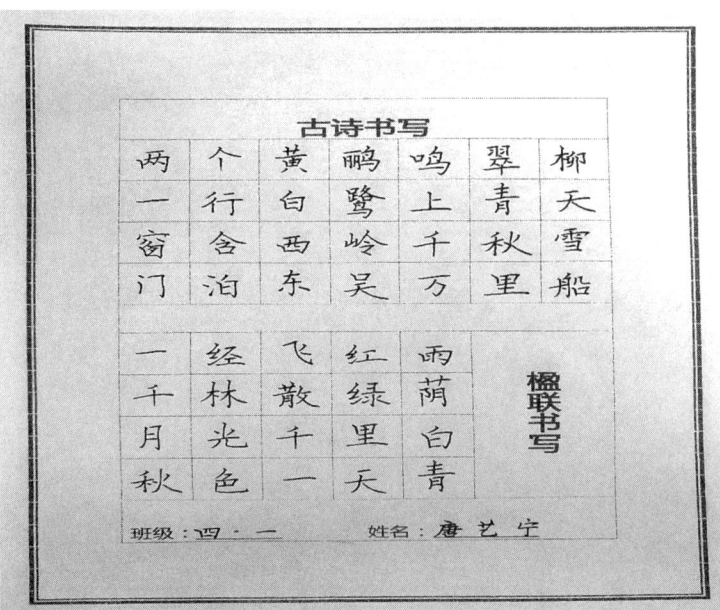

图 7

图 8

图 9

图 10

参观书法特色学校新工小学图片摘选

图1

图2

图3

图4

图 5

涂楹联贺卡活动图片摘选

图1

图2

图 3

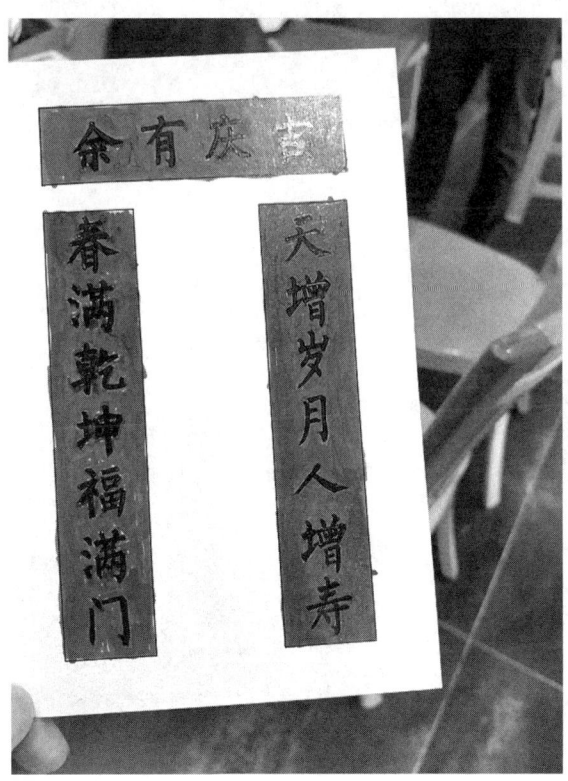

图 4

楹联市级课题子课题阶段性汇报图片摘选

图1

图2

图 3

蟠龙小学师生楹联作品选

蟠龙小学教师楹联作品选

人民创伟业；
祖国启新程。（安春树）

万丈豪情谋业旺；
一腔热血为桃芳。（叶安凤）

师生励志兴名校；
党政齐心绘锦图。（阳燕）

年丰物阜前程锦；
水绿山青环境优。（雷祥艳）

七十载经风沐雨；
万千家足食丰衣。（蒋颖娟）

八纵八横高铁创奇迹；
一心一意全民奔小康。（吴晓志）

携手共圆中国梦；
精心勤育未来花。（雷祥艳）

秉初心，万里呈祥瑞；
兴大业，千军尽杰雄。（雷正英）

锦衣华服知兼济；
箪食壶浆识自尊。（左容）

人寿春光好；
龙腾事业兴。（沈强）

红联生喜气；
母校见新风。（宋旭峰）

校美生源夥；
师勤果实丰。（王源源）

和谐社会东风满；
美丽九龙梦想圆。（蒋颖娟）

尊师重教随先圣；
尚俭崇勤励后生。（郑莉）

砥砺前行肩重任；
创新发展启鹏程。（王晓玲）

社会文明风气正；
家庭和睦笑声高。（杨珺）

日新月异山河美；
国富民殷意气扬。（雷正英）

心静气和事顺；
手忙脚乱灾生。（陈晓琴）

飞天邀织女；
下海探龙宫。（张成恂）

日月星三伴；
港珠澳一桥。（郑春兰）

经贸共商共议；
邦交相信相知。（李德银）

狮醒人民奋；
龙腾世界殊。（黄荫）

花繁叶茂春光美；
虎跃龙腾事业兴。（刘佳）

社村拆迁快；
校园面貌新。（杨小红）

桃花溪畔赏垂柳；
李子坝前拍抖音。（阳秀兰）

北斗航天导向；
蛟龙入海探奇。（吴晓志）

快捷安全云闪付；
创新自主大飞机。（吴晓志）

云淡闲观月；
风停静读书。（熊薇）

人欢新崛起；
国盼大腾飞。（左容）

改革风生云涌；
神州月异日新。（廖辉）

彩云湖畔观鱼乐；
绿树林中舞剑忙。（魏淑玉）

养猪能致富；
健体可延年。（汪俊兰）

昔日宗申代步；
而今福特出行。（刘广兵）

鸡叫催人起；
鸠鸣唤雨来。（叶安凤）

呕心精学业；
协力育英才。（万丽琼）

学校施工新面貌；
商场开业见锋芒。（陈晓琴）

苦学迎来进步；
勤耕夺取丰收。（沈萍）

园中桃李年年秀；
眼里红花朵朵艳。（邹玉兰）

事业前程似锦；
蟠龙成果辉煌。（祝黎霞）

蟠小前程美；
家乡气象新。（黄运动）

园丁沥血培桃李；
社会扶贫共热凉。（张成响）

鱼喜彩云临水；
蝶忙春树著花。（吴晓志）

励志培桃李；
齐心跃虎龙。（阳燕）

养儿女尽心竭力；
兴家乡戴月披星。（杨珺）

龙腾虎跃振中华；
燕舞莺歌逢稔岁。（宋旭峰）

新城都市范；
蟠小未来图。（廖富均）

盛世欢歌歌盛世；
新春快乐乐新春。（贺凌）

金鸡亮嗓；
喜鹊登枝。（周维莉）

雨润园园秀；
风来处处香。（阳秀兰）

金猴逐梦；
紫燕衔春。（蔡秀英）

圆祖国复兴梦；
绘人民致富图。（左容）

雨润春光美；
心同国力强。（郑春兰）

虎跃龙腾圆国梦；
莺歌燕舞庆丰年。（雷祥艳）

春归灯结彩；
柳发岁更新。（蔡秀英）

日子天天乐；
前程岁岁新。（熊薇）

马去雄风在；
羊来喜讯多。（叶安凤）

竹梅松傲雪；
桃李杏迎春。（吴晓志）

人勤书有味；
志壮事无难。（邹玉兰）

风调雨顺；
政肃人和。（邹玉兰）

处处春风拂面；
家家喜气临门。（周维莉）

邻里新风尚；
城乡美图画。（王源源）

风和日丽；
树郁花香。（王源源）

建名篇学校；
推优质课堂。（王源源）

读书在手益人益己；
少长齐心利国利民。（王源源）

雏鹰展翅；
骏马扬蹄。（郑春兰）

花儿竞秀；
蟠小腾飞。（郑春兰）

人勤福驻；
春暖花开。（郑春兰）

美酒醇醇争贺岁；
烟花灿灿乐团圆。（雷祥艳）

人逢佳节；
花絮小康。（雷祥艳）

同铸神州梦；
再催大业荣。（雷祥艳）

心知自足；
志与贤齐。（左容）

欣在从容处；
福存奋斗中。（左容）

人寿春光好；
龙腾事业兴。（沈强）

勤绘宏图美；
笑迎顾客多。（张晓辉）

红联生喜气；
母校见新风。（宋旭峰）

群星朝北斗；
万马趁春风。（黄爱明）

蕙兰思化雨；
桃李舞东风。（王源源）

银蛇辞旧岁；
骏马乐新春。（郑春兰）

关心如益友；
授业是良师。（陈晓琴）

捷报银蛇舞；
春来骏马欢。（陈泳交）

扬鞭催骏马；
挥汗获丰收。（左容）

事业年年旺；
风光处处春。（魏淑玉）

燕舞芬芳地；
马争锦绣程。（张成恂）

才奏凯旋曲；
又闻祝福歌。（廖富均）

经济腾腾上；
朝阳熠熠辉。（宋旭峰）

洒汗禾苗壮；
呕心桃李香。（李雪梅）

花开铺锦绣；
马跃送佳音。（周维莉）

梅花怒放迎新岁；
鞭炮齐鸣庆福年。（雷祥艳）

一宵时雨百花艳；
遍地春风万木荣。（王源源）

小龙游过清平世；
骏马送来大有年。（吴晓志）

梅花点点山河秀；
春雨丝丝草木苏。（贺凌）

万里征程行快马；
千秋伟业谱新篇。（杨小红）

教室书声追燕语；
操场舞步沐东风。（阳燕）

春雨润苗花竞秀；
园丁授业树争荣。（王宁君）

奔富路前程似锦；
展宏图大地皆春。（樊海）

日新月异山河美；
国富民殷意气扬。（赵毅）

好书皆养眼；
益友可交心。（廖富均）

和风丽日春天景；
曼舞轻歌院坝情。（熊薇）

发因桃李白；
心为栋梁呕。（廖富均）

唱晓金鸡辞岁去；
看门玉犬报春来。（熊佳怡）

砥砺前行肩重任；
创新发展启鹏程。（王晓玲）

社会文明风气正；
家庭和睦笑声高。（杨珺）

承前启后开宏业；
革故鼎新向未来。（王梅梅）

东风尽拂山山翠；
澍雨时来处处春。（王源源）

小康争奋进；
大治竞图强。（李德银）

玉树迎风立；
红莲带露开。（张成恂）

小康已就扬鞭续；
大国中兴擂鼓催。（刘佳）

金鸡描锦绣；
戌狗守升平。（郑春兰）

四野逢春披锦绣；
兆民有志铸辉煌。（李雪梅）

同心织锦千村富；
异地能医万众欣。（吴晓志）

国强民富；
政善人勤。（韦维）

人乐收成满；
时来福利丰。（阳兴凤）

乐做平凡事；
勤描特色图。（陈晓琴）

敲锣打鼓迎新岁；
吐气扬眉乐小康。（邹玉兰）

过年承旧俗；
立业有新风。（刘洁）

经典宜为友；
圣贤尽作师。（李雪梅）

勤劳行正道；
懒惰毁人生。（左容）

城乡龙虎跃；
学校李桃妍。（刘洁）

雨润桃花艳；
人勤事业兴。（左容）

棵棵幼苗壮；
张张笑脸红。（沈强）

丰年添笑语；
改革起宏图。（王晓玲）

鼓作新年到；
龙腾好运来。（雷祥艳）

新年新气象；
好事好精神。（李秋鸣）

岁临佳节人迎福；
居近彩云水接天。（雷祥艳）

披星戴月书声朗；
作鼓振金琴韵悠。（王源源）

尽望一帆顺；
齐争万事兴。（郑春兰）

勤学放飞梦想；
勇攀竞摘桂冠。（黄爱明）

育人甘吃苦；
兴业敢迎难。（沈平）

一路艰辛谋发展；
多年奋斗铸辉煌。（黄爱明）

成功休傲慢；
获益在谦虚。（熊薇）

同心兴大业；
笑语贺新春。（阳兴凤）

墙外楼台立；
校园梁栋兴。（黄广容）

诗书开境界；
桃李竞芬芳。（李雪梅）

教师书声朗；
公园笑语飞。（张成恂）

荷叶随风舞；
画眉傍柳飞。(魏淑玉)

蟠龙小学学生楹联作品选

刻苦增知识；
专心作栋梁。(陈宋序)

山顶金鹰壮；
湖中碧水长。(张馨蕊)

学问分深浅；
功夫见易难。(秦光学)

河山披锦绣；
风气见文明。(周钰婷)

刻苦求知识；
辛勤育栋梁。(杨智博)

严寒送暖；
酷暑生凉。(李一凡)

同修富路；
共庆新春。(陈秀丽)

人民多福气；
事业遇东风。(覃劲轩)

年逢喜节；
人换新衣。(熊袁媛)

勤创业；
庆团圆。(钟欣宴)

爆竹驱愁尽；
花灯送喜来。(彭凤玲)

同心奔富裕；
拍手乐平安。(倪艳希)

瑞雪迎元旦；
和风伴大年。(刘旭)

万家灯火；
千里欢歌。(曾晏)

灯笼高挂；
爆竹连声。(滕思茂)

霸气门神分两面；
吉祥福字挂当中。(田芳君)

雄鹰展翅；
紫燕迎春。（张宇航）

寒尽桃花艳；
春归柳叶新。（白丽萍）

梅香扑鼻；
竹爆开心。（吴李洪）

猴随冬去；
鸡伴福来。（沈大伟）

烟花色灿；
腊酒香浓。（徐偲皓）

金鸡报晓；
玉树迎春。（徐偲皓）

田野农民辛苦；
课堂学子认真。（江念）

春迎富贵；
竹报平安。（刘旭）

爱生如子；
育凤成才。（王晨曦）

旧岁才添无数捷；
新年盼上一层楼。（陈秀丽）

挥毫姿势正；
学习品行优。（徐子涵）

红灯喜接全家福；
爆竹欣迎四季春。（高庆森）

鸟伫花枝披雨露；
人来小苑醉芳香。（谭雨露）

孝顺人人乐；
平安户户春。（邓亿）

百花吐艳春风暖；
万木争荣时雨欢。（陈源）

人少宏图远；
鸟雏志向高。（李新镐）

互帮互助新同学；
相爱相亲好弟兄。（邹佳明）

阳光滋绿叶；
雨露润红花。（王恒景）

风调雨顺雄鸡唱；
国泰民安社会谐。（黄意涵）

母子情深似海；
师生恩重如山。（田静红）

地苏花竞放；
天暖鸟齐鸣。（李梦玲）

守岁观春晚；
偷闲弄管弦。（朱馨怡）

春到鲜花绽放；
秋来果实飘香。（陈奕畅）

孝老敬亲情意厚；
尊师重教氛围浓。（柳庆志）

堂中专问题；
课后捉迷藏。（左宁）

莫嫌粗米饭；
自有好身心。（邓皓）

狗岁匆匆去；
猪儿款款来。（何梦涵）

柳叶千丝万缕；
春天十色五光。（黄宇涵）

学习有声有色；
假期无虑无忧。（唐伟涵）

生日许心愿；
新春绘锦图。（黄婧瑶）

春欣杨柳翠；
秋醉橘橙香。（李科研）

黄犬随冬去；
肥猪信步来。（胡景涵）

过年承旧俗；
上学见新风。（郭方正）

大门张福字；
孩子要红包。（罗曼琪）

田里蛙声起；
池中荷叶摇。（徐易萍）

解惑老师累；
求知学子忙。（杨阳）

磁器口流光溢彩；
彩云湖翔鹭飞莺。（王笛鉴）

楼前宏宇立；
天上彩云飘。（徐子涵）

师勤桃李艳；
语重情谊长。（邓新越）

花朵欣霖雨；
高山满雪霜。（何雨馨）

中秋观月亮；
春节换桃符。（陈贵鹏）

人爱看门犬；
我迎守岁钟。（李睿）

猪是农家宝；
书为学子粮。（李佳欣）

学有登山志；
国兴跨海桥。（喻乐杰）

人来闻犬吠；
剑舞待鸡鸣。（喻泓霖）

动车穿峻岭；
天眼探长空。（罗珮瑜）

传道犹如春雨洒；
读书好似夜莺歌。（高渝婕）

北斗导航定位；
嫦娥探秘飞天。（吴李洪）

城区通地铁；
农户盖新房。（黄宇涵）

大厦电梯快；
山村风景幽。（黄颖）

有飞天梦；
怀报国心。（唐煜棋）

台上老师苦；
校中学子勤。（樊雨涵）

珠海办航展；
北京留美名。（孙奥文）

春花满地；
喜气冲天。（胡斌）

熊猫珍贵；
小狗调皮。（吕明哲）

求知识新来蟠小；
买宝珠乐逛皇庭。（石力豪）

健康生活；
绿色出行。（谢雅轩）

水秀山清城市美；
家和邻睦社区谐。（张雨晗）

懒散难成器；
勤恒可夺魁。（张馨蕊）

莲馨盛夏；
梅绽寒冬。（陈泓林）

痛使人长记；
蓝图我尽描。（魏侨）

兴邦务实前程美；
治党从严事业荣。（田峻华）

安居乐业人心稳；
足食丰衣日子悠。（唐浩天）

处处山明水秀；
人人气爽神清。（陈云希）

春风裁绿柳；
细雨润青山。（陈凤）

夏至荷穿水；
春来鸟放歌。（蒙柯利）

喧嚣城市噪音重；
宁静乡村睡梦甜。（陈露）

满目烟花，长天焕彩；
万家灯火，彻夜无眠。（徐思雨）

雄鸡报晓；
丽日升空。（饶家军）

蜡梅迎瑞雪；
灵犬撵金鸡。（杨佳慧）

暖阳苏万物；
寒气困千虫。（舒治荣）

欢欢喜喜观春晚；
太太平平过大年。（黄美匀）

学艺能经伏暑；
求知不畏冬寒。（李浩洋）

千山竞秀阳春日；
万户同歌大有年。（赵肖悦）

条条惠策传农户；
缕缕春光照学堂。（陈晨曦）

新人新气象；
好水好风光。（陈宇聪）

蟠小迁新址；
九龙换旧颜。（刘晓）

科研传捷报；
教育谱新篇。（唐俊逸）

山河披锦绣；
祖国正繁荣。（李长耀）

幼苗争茁壮；
师长尽辛勤。（冯可馨）

郊游开眼界；
跳舞益身心。（黄颖）

桃李年年秀；
教师个个专。（周鑫）

美教室人人努力；
上操场个个争先。（周磊）

早起高声读；
晚归仔细抄。（赖思余）

昨天多洒汗；
今日广收粮。（谭梓涵）

桃李增华凭沃土；
琴书有韵靠良师。（丁宇凡）

不懂虚心学；
勤培把手交。（黄泽漾）

从前路窄脚相碰；
今日道宽手互牵。（张馨韵）

故乡如彩画；
明月似圆盘。（程铮）

尽识泰山险；
难观海水平。（李希密）

友朋情似海；
父母德如山。（刘星宇）

经典书中用力；
作文本上生花。（陈坤）

四海奇观美；
千秋大业兴。（刘心雨）

乐园多趣味；
玩耍重安全。（刘长青）

南北风光好；
城乡捷报多。（高彤）

菊花放；
游客来。（万相龙）

迎山松树挺；
沿岸柳枝扬。（邓琳）

千军创业；
万户团圆。（王雨行）

塑魂更要灵魂美；
正德还须品德高。（何文博）

同开局面；
巧扮河山。（邓雅欣）

前程远大；
科技尖端。（杨俊）

花花绿绿；
火火红红。（曾越）

梅花一现；
佳节即来。（李希密）

年年顺景；
户户春风。（刘星雨）

黄鹂浅唱；
白鹭高飞。（苗倩）

人才辈出；
花朵常开。（陈翌可）

花香大地；
雪舞长空。（张馨韵）

好歌传众口；
良习益终生。（舒福雄）

九龙开大步；
蟠小步新程。（宋季杭）

红梅迎雪放；
飞马踏春来。（刘泊涛）

教室屏声静气；
长街喜地欢天。（王宇萍）

花灯添异彩；
笑口乐新春。（丁敏）

校园花朵美；
教室五星多。（雷晓宇）

村村燃爆竹；
户户挂灯笼。（陈浩然）

竹爆新春到；
花开大雁归。（陈鑫）

心语通通皆送暖；
旧衣件件可祛寒。（周星月）

根根草绿优环境；
朵朵花红美校园。（李静怡）

蟠龙小学优秀楹联教学设计集

叠字联教学设计

张成恂

教学目标：

1. 知识目标：了解叠字联的特点。积累三副楹联。
2. 能力目标：品味叠字联的形式与内容之美。
3. 情感目标：提高学生的语文素养，培养学生对传统文化的兴趣。

课前准备：

PPT课件、音乐。

课前诵读，温故知新。

一起来回顾一下本期学过的楹联吧。（指名学生边读边填，其他学生跟读）

桃李增华坐帐无鹤；
琴书作伴支床有龟。

千教万教教人求真；
千学万学学做真人。

量杯量筒怎能量老师情意；
曲尺直尺何可测先生胸怀。

恩比青天，广施甘露千株翠；
节犹黄菊，报得春风一寸丹。

三寸粉笔，三尺讲台系国运；
一颗丹心，一生秉烛铸民魂。

老师：你对哪一副对联印象最深刻，为什么？

一、激趣导入，小练习

1. 同学们，从初次接触楹联到现在，大家已经对它渐渐熟悉起来，今天上课前，我们先来做个有趣的小练习。

叽叽_____　　哭哭_____　　忙忙_____　　家家_____
风风_____　　三三_____

老师：读读这些对子，你有什么发现？

老师小结：

字数相等。

词性相当。

像这样两个相同的字组成的词语。（板书：叠字）

二、读一读，初步感知

1. 古时候，有一位老秀才，很会运用叠字对对联。有一年春天，他在西湖花神庙附近游玩，看见绿树繁茂，红花盛开，黄莺在柳枝间鸣叫，燕子在湖上飞来飞去。老秀才诗兴大发，写了一个上联贴在花神庙大门的一侧，向人们征求下联。上联是：翠翠红红，处处莺莺燕燕。

他刚把上联贴上去，一个小书童就走上前来，提笔写出了下联：风风雨雨，年年暮暮朝朝。

老秀才看了，连声称赞书童对得快，对得好。过了一会，他说："我这个上联的字句还可以变哟！"随口念道："燕燕莺莺，处处红红翠翠。"小书童说："我这下联字句也可以变，你听——朝朝暮暮，年年雨雨风风。"

老秀才又说："我还可以变……"

2. 老师问：你们还能变吗？

3. 复习楹联的六要素。根据六要素，学生用事先准备好的卡片，自由组合，变对联，写对联。

（仄起平收）

老师：虽然西湖边上的花神庙早就消失了，但是这副对联却流传至今。说说从这副对联你联想到了什么？你的眼前出现了什么画面呢？

翠翠红红，处处莺莺燕燕
风风雨雨，年年暮暮朝朝

老师小结：这副对联读来朗朗上口，短短二十个字把春天的姹紫嫣红、鸟语花香，以及风雨晨昏、年华流逝写尽了。大家一起来读这副会变身的对联吧。

三、悟一悟，解析梳理

老师小结：其实，人们在创作楹联时，常常用到叠字，这种方法就是叠字法。用叠字法创作的对联，就是叠字联。（板书：叠字联）

四、赏一赏

1. 同学们看过《西游记》吗？大家一定对这部文学巨著里边的人物如数家珍，如七十二变的孙悟空，他在花果山自封齐天大圣，后来又大闹蟠桃会。我给大家带来了两副写花果山和蟠桃园的叠字联。

流水潺潺鸣玉佩
涧泉滴滴奏瑶琴
——《西游记》第三十回，花果山

天天灼灼花盈树
棵棵株株果压枝
——《西游记》第五回，蟠桃园

2. 出示：小组学习的要求
（1）读准对联。

（2）借注释、抓字眼、悟联意。

（3）划出停顿，读出韵律。

3. 指名小组汇报展示。

4. 创设情境，再品对联。

第一副：播放流水声和滴水声。

重点词：潺潺，指水流动的声音。

听，水潺潺流动的声音、泉水滴答的声音。男生读。齐读。

这副对联通过潺潺、滴滴的重叠写出了花果山就像世外桃源一样幽静、秀丽。齐读。

第二副：夭夭，指茂盛的样子。灼灼，指花开鲜艳的样子。

看看这娇艳的桃花和让人垂涎欲滴的桃子。女生读。齐读。

这副对联通过"夭""灼""棵""株"等字的重叠，写出了蟠桃园硕果累累、一派喜庆的壮丽景象。

老师小结：这两副对联都运用叠字写出了花果山和蟠桃园的独特之美。全班齐读。

你也能用叠字对对子吗？

五、练一练（用一用）

1. 巧用叠词对对子。

开课时，我们进行了一个小练习，现在提高难度，再试试。

笑哈哈（乐滋滋）　　热腾腾（冷冰冰）

绿油油（黄澄澄）　　白生生（黑漆漆）

甜丝丝（酸溜溜）　　瘦巴巴（胖乎乎）

老师小结：这样的练习是没有标准答案的，只要符合对联六要素的特点就可以。你认为哪个是好的，哪个就是最好的。

2. 请用下列词语分别组成两副对联，要读得通顺哦！

（1）红红　青青　白白　家家　绿绿　处处　树　烟

（2）森森　潺潺　风　白云　水　碧树　浩浩　漠漠

过渡：古人曾讲过"读万卷书，行万里路"。现在，我们虽然走不出教室，但是可以用自己的眼睛去旅行，用心去感受，开始"画中游"吧！（出示图片1）

老师：同桌一起看画面，讨论完成后，到黑板前展示。

田园风光,就像一幅绚丽多彩的画,它描绘着这样的情景:家家青青白白烟　处处红红绿绿树。

(出示图片2)(漠漠:寂静无声的样子。浩浩:广阔壮大,多用于描写风和水势。森森:树木繁密的样子)

师:走进森林,享受全身心的放松时,我们不禁要说:碧树森森风浩浩　白云漠漠水潺潺。

答案:

(1) 家家青青白白烟　处处红红绿绿树

　　绿绿树处处青青　白白烟家家红红

　　树青青红红绿绿　烟处处家家白白

(2) 碧树森森风浩浩　白云漠漠水潺潺

3. 同学们,其实我们身边也有美景,望向窗外,崭新的蟠龙新城展现在我们眼前,

道路_____

树木_____

4. 过几天,我们就将迎来崭新的2016年,你能用上叠字,给自己的家编一副春联吗?

横批:新春快乐

上联:老老少少,都添一岁

下联:_____,各过新年

六、背诵今天所学的三副对联

过渡:我们今天学习了三副对联,像这样的好对联,一定要品出味道,熟记在心,自己背一背吧!

40分钟的课堂时间很有限,课后请大家搜集更多的叠字联吟诵、积累,相信你会有更多的收获。

《趣味书房联》教学设计

张真臻

教学目标：

1. 复习楹联六要素之节奏相应，欣赏并积累名人书房楹联三副。（读、赏）

2. 选取喜欢的书房楹联作为自己的座右铭，并能说出理由。（诵、悟）

3. 给新学校的教室、阅览室创作一副恰当的对联。（创）

教学重点：

1. 选取喜欢的书房楹联作为自己的座右铭，并能说出理由。

2. 给新学校的教室、阅览室创作一副恰当的对联。

教学难点：

给新学校的教室、阅览室创作一副恰当的对联。（创）

课前准备：

PPT、书房楹联收集。

教学过程：

一、课前：行飞花令：读书

老师：读书不觉已春深，一寸光阴一寸金。孩子们，今天的飞花令，我们以"书"会友，以"读"为擂，开始吧！

小结：孩子们课外积累了那么多关于读书的诗句，这些诗句都是可以放进书房做书房楹联的。（PPT出示图片）

今天这节课，让我们一起走进翰墨飘香的名人书房，欣赏他们书房中的楹联吧。

二、名人书房楹联赏析

1. 徐渭与书房的故事　徐渭（1521—1593）

（配乐）（请学生讲）徐渭是明朝中期有名的文学家、书画家，他住在浙江绍兴。他在自己的书屋前种了一棵青藤，书屋便命名为"青藤书屋"，并在门前贴了一副对联：雨醒诗梦来蕉叶；风载书声出藕花。这副对联像一幅优美的画卷：夏日里他在书房小睡，暴雨骤然而至，雨打窗外芭蕉，淅淅沥沥，声声入耳，唤醒了他的诗梦，醒来后，他在书房里高声读书，屋外荷花盛开，清风阵阵吹拂，送来荷塘花香，又把琅琅书声带到荷塘，多美啊！

美吗？那就请大家美美地读。

1. 美联须配美读，学生自读，划分节奏，练读。

2. 指名读：

及时点评：节奏相应。（读好节奏，读出韵味）

（读书，首先接触的是语言的音韵、旋律、节奏，进而才能体味情趣、韵味、格调）

3. 指名读。

4. 齐读。

老师：孩子们，你们知道吗？徐渭能写会画，能诗能文，还会写剧本。只可惜这么多才多艺的书生一生却穷困潦倒。他长期在外漂泊，多年后回到家中，怀着满腔郁闷，在墙上挥毫写下另一副对联（PPT出示）：几间东倒西歪屋，一个南腔北调人。（读）

划分节奏，再读。（点评　想象作者当时的处境，突出重点词，带入你的体会和感受）

屋是东倒西歪屋，人是潦倒半生、南腔北调的人。如同这平平仄仄的楹联，徐渭的人生也是跌宕起伏的，让人感慨回味。

这就是徐渭与他的"青藤书屋"及书房楹联的故事。像这样的名人书房故事还有很多。读一读，勾一勾，小组内赏一赏吧。

2. 学生根据老师给的资料赏析名人书房楹联。（小组）

蒲松龄书房楹联（五下27页）、顾宪成题东林书院联（五下24页）

1）小组内赏析。（互评：三星级　清楚　流畅　绘声绘色）

出示自学要求（指名读）：

（1）默读名人与书房（书院）楹联故事，勾出故事中的楹联并划分节奏，通过反复诵读欣赏这副楹联（注意读出节奏与韵味）。

（2）故事中的楹联好在哪里？在小组里交流你的感受。交流时要做到清楚、流畅、绘声绘色。

（3）小组成员根据评分标准相互评价。（PPT出示评分标准）

2）请代表介绍。

张老师采访一下，有多少位同学获得了五星级评价？（读出节奏、韵味，交流清楚、流畅、绘声绘色）自信满满，用掌声祝贺你们，也请其他的同学想想自己哪方面还有待提高，期待更多五星级评价的出现。也用掌声鼓励下自己。

把全班交流的机会给_____，小组交流时不仅善于交流，更善于倾听与合作。（我跟大家交流的是_____。）老师点评：名副其实的五星级，看来大家都善于评价。

请学生按照评价表点评发言同学的读和交流发言。请你读。

平仄之韵，人生之美。熟练掌握楹联六要素之后，让大家在品读楹联平仄之美的同时，了解楹联背后的故事和含义，从而得到启迪，这是我们学习楹联的又一大收获。

3. 老师出示名人书房楹联，学生自行积累。（做成资料发放给学生）

根据学生的汇报，形成PPT：名人书房楹联。

学生自行积累。（2分钟，三条即达三星，同桌互相检查）

三、引联入书房

如果是你，会选择怎样一副楹联给你的书房？说明理由。

书房联一般是给谁看的？有什么作用？增加文化气息，激励自己，有座右铭的作用。

一副好的对联不仅能朗朗上口，更能入脑、入心。书房里、教室里、学校阅览室里的楹联更有座右铭的作用，可以激励我们成长。

四、创联营氛围

为教室、图书室各创编一副合适的对联（精选图片，创设环境）。

孩子们，我们的学校正在新建，一所崭新的校园即将拔地而起。瞧，这将是咱们的教室、这是图书室（出示图片），看得出孩子们非常喜欢，那么就请给咱们的教室、图书室创编一副合适的对联吧（允许小组讨论）。自选套餐（选择其中一项完成）。

1. 错乱词语排序：

博览群书　智慧　光辉　书海映日　添　照

千古文章　雨声　书卷　里　百花消息　中

2. 出示上联，对出下联：
鸟语花香读书正当季（窗明几亮学习好地方）
阅千家卷晓中外（读万卷书通古今）
3. 根据图片自创对联。
请学生点评、修改。
（请学生上黑板摆放组合、张贴，其余学生评价）
小结：
真好！今天这节课，我们一起走进了名人书房，欣赏了他们的书房联，还一起为咱们的新学校创作了新联。希望孩子们以书为友，"蟠龙逐梦尽显洪荒之力　新校腾飞更增几分功夫"。

《吕蒙正写春联的故事》教学设计

邹玉兰

设计前言：
在自己任教的低年级，我们有选择地读《弟子规》《千字文》《唐诗宋词》等。经过一年多的阅读实践，学生积累了一定的有关传统文化的经典语言。针对低年级学生的年龄特点和班级实际，设计了《吕蒙正写春联的故事》一课，进一步激发学生学习传统文化的兴趣。

教学目标：
1. 继承传统教育方法，通过对联、古诗等的讲、读、议，让学生在轻松愉悦的氛围中感受对联的音韵美、整齐美。体味找对联的乐趣，激发学生创作对联的热情并尝试创作对联，感受传统文化的魅力。
2. 通过练习为学生搭建展示平台，展示本学期对联学习的成果。
3. 有目的地指导学生阅读相关的对联故事。

课前展示： 背诵本学期学过的对联。
教学预设：
一、忆一忆
回顾本学期学过的对联，大屏幕出示上联，学生接下联。

1. 抽学生对。
2. 小组间互对。
3. 男女生互对。
4. 师生互对。（三副对联分别是数字联、回文联、叠字联），学生总结，老师板书。

二、悟一悟

阅读《吕蒙正写春联的故事》，悟一悟其中的对联。

1. 老师出示对联"二三四五，六七八九"，横批"南北"，引出故事。
2. 学生阅读故事。
3. 抽学生讲对联"二三四五，六七八九"，横批"南北"要表达的意思，悟出意思后再读对联。
4. 老师总结这是一副"藏字联"，也叫"隐字联"，在黑板上板书。
5. 老师：春联很有意思，不仅能传达一个人的心声，还能表达一个人的愿望、祝愿。
6. 再欣赏几副春联。

三、赏一赏

课件出示"申年春到户　猴岁喜临门""年年多吉庆　岁岁保平安""春到福到吉祥到　家和人和万事和""喜居宝地千年旺　福照家门万事兴"等，指导学生从读准春联、读出节奏、读出韵味、说说表达的意思、判断上下联（仄起平收的特点）等方面去赏析这几副春联。

老师：春联很有意思，下面我们也来对一对，进入下一个环节。

四、练一练

品读诗文，感受景美韵美。对对联这项基本功如果我们练扎实了，在写文章时能适当运用，就可以为我们的文章增色不少。古人学习属对后就开始写诗作赋。他们写诗很讲究对仗，不仅字数相同，内容相连，还讲究音韵相对相配，也就是平仄相对。我们一起来看杨万里的《晓出净慈寺送林子方》。

指读诗文。

听了你的朗读我感觉真美。你能说说为什么吗？（根据学生的回答，随机诵读"接天莲叶无穷碧，映日荷花别样红"，感受对仗的美。读读诗的最后一字，感悟韵律美。）

这样的美文在《唐诗三百首》《宋词三百首》和蒙学读本《千家诗》中还有很多，在课外阅读中我们要多多积累。下面我们也来对一对。

1. 一级挑战：课件出示一字对，如：

云对（   ） 雪对（   ） 柳对（   ） 桃对（   ）
天对（   ） 雨对（   ） 悲对（   ）

2. 二级挑战：出示二字对，如：

白鹭对（   ） 绿叶对（   ） 鸟语对（   ）
细雨对（   ） 东海对（   ） 天南对（   ）

3. 成语中的对子：

对子的答案不是唯一的，我们要多思多虑。现场抢答。

奇花对（   ） 天南对（   ） 飞禽对（   ）
根深对（   ） 披星对（   ） 朝三对（   ）

如果把"对"去掉，那又是什么？自由读一读。

成语中有很多对子。来，迅速地在我们的大脑里搜索一下，找出几个。等会我们交流的时候要能说出什么对什么，对得要尽量工整。

4. 挑战升级，三字对，如：

蜂采蜜（   ） 水帘洞（   ）
山有色（   ） 狗尾草（   ）

5. 终极挑战：出示两幅图片，老师出上联"雪里梅花放"，学生观察图画，对出下联"天上白云飘""花间彩蝶飞"。出示图画的目的是诱发学生兴趣，初步体味对联的特点。

6. 出示"连一连"，把春联的上下联连起来，并且说一说为什么这样连（学生用对联的知识说）。

九州瑞气迎春到　　枝上黄鹂好松音
窗前细雨传春讯　　绿柳展枝舞春风
蜡梅吐芳迎红日　　四海祥云降福来

7. 连一连另外几副春联。

五、背一背

老师：2016年猴年就要到了，老师送大家两副猴年的春联，大家读一读、背一背吧！

申年春到户
猴岁喜临门

雪消门外千山绿
猴到人间万户春

羊随新风辞旧岁
猴节正气报新春

《蒋焘的故事》教学设计

李雪梅

教学目标：
1. 初步了解有关对联词性相当的知识。
2. 感受对联的语言魅力，培养审美能力。
3. 尝试对对子。

教学重点难点：
1. 初步了解有关对联词性相当的知识。
2. 尝试对对子。

教具：多媒体
课时：1 课时
教学过程：

一、忆一忆

1. 我们已经学过不少对联了，老师说上联，你们能说出下联吗？
1）梅开万树
2）三阳开泰
3）福如东海
4）九龙起舞

5) 读圣贤书

6) 秋风送爽

2. 我们还学了韵对,男同学和女同学互对:

远对（　　）,古对（　　）　　宽对（　　）,买对（　　）

明对（　　）,早对（　　）　　南对（　　）,首对（　　）

有对（　　）,出对（　　）　　西对（　　）,始对（　　）

3. 同桌同学开火车对一对:

上对（　　）,小对（　　）　　来对（　　）,男对（　　）

前对（　　）,左对（　　）　　黑对（　　）,里对（　　）

多对（　　）,老对（　　）　　高对（　　）,粗对（　　）

二、试一试

老师：对对子,就是给汉字找朋友,每个汉字都有一个最好的伙伴和它对应,只要我们认真思考就会发现。老师出上联,你们试着对一对：

1. 表示颜色的词：红

2. 表示动物名称的词：鸡

3. 表示天气的词：风

4. 表示动作的词：走

三、读一读

1. 老师：古时候有一个孩子很会对对子,他就是蒋焘,这节课我们就要学习蒋焘的故事,一起读课题。

2. 翻开书的第38页,听老师读故事,一边听,一边在心里找到故事里的对联。

四、赏一赏

1. 听了故事,你知道爷爷出的上联是什么,蒋焘对的下联是什么吗？

2. 把对联连起来读一遍,仔细看上联和下联,你有什么发现？

五、悟一悟

小结过渡：一对三是数字,上对下、天对地是反义词韵对,这些前面已经学过,"跳"和"飞"是表示动作的词,这节课主要学习对联中的上联有表示动作的词,下联也要有表示动作的词。

六、练一练

1. 找一找

老师：我们学过的古诗对联中就有表示动作的词，你发现了吗？

远看山有色　　　　　　　白毛浮绿水

近听水无声　　　　　　　红掌拨清波

老师：学过的对联中也有表示动作的词，找出来，想象一下画面，读出你的感受：

梅开万树　　　　　　　　鱼游莲下

福进千门　　　　　　　　蝶舞花间

老师：有些对联背后还有有趣的故事，请看《林则徐对对子》（播放视频），看完之后，说说故事里面的对联是什么，找出对联里的动词，再看看下联中还有哪些字和上联对得工整，最后读出对联的节奏：

鸭母/无鞋/空洗脚

鸡公/有髻/不梳头

2. 选一选

老师讲《解缙对对子》，从四个字中选两个字和上联的"出"和"穿"对应：

出水青蛙穿绿袄

（　）笼螃蟹（　）红袍

3. 填一填

秋　雨　连　连　下　　　　冬　去　山　清　水　秀

春　风　徐　徐（　）　　　春（　）鸟　语　花　香

烟　尘　滚　滚　起　　　　水　牛（　）水

树　叶　纷　纷（　）　　　山　羊（　）山

七、背一背

三跳，跳下地　　　　　　鸭母无鞋空洗脚

一飞，飞上天　　　　　　鸡公有髻不梳头

鱼游莲下　　　　　　　　出水青蛙穿绿袄

蝶舞花间　　　　　　　　入笼螃蟹套红袍

《王羲之巧写门联》教学设计

刘 洁

教学目标：

1. 读故事，了解故事的内容，并能感受巧对的妙处。
2. 能运用楹联六要素赏析书中的楹联。
3. 了解王羲之和《兰亭序》，完成练习。
4. 能根据楹联六要素进行创编，激发孩子们对传统楹联文化的兴趣。

教学重点：

1. 读故事，了解故事的内容，并能感受巧对的妙处。
2. 能运用楹联六要素赏析书中的楹联。

教学难点：

根据楹联六要素进行创编，激发孩子们对传统楹联文化的兴趣。

教学准备： 多媒体课件

教学过程：

一、激趣引入

1. 出示对子：

云对雾，雪对霜。孩子齐读，读出节奏，读出韵味，读来朗朗上口。点拨回文联和叠字联。

2. 读古诗《元日》，渗透春联和门联知识。

二、新课

1. 齐读课题：王羲之巧写门联。

2. 读故事，出示学习目标：

（1）读故事，说一说故事讲了一件什么事？

（2）勾出文中的对联，读一读，赏一赏。

（3）想一想王羲之巧写门联"巧"在哪儿？

3. 汇报交流：

（1）请一名学生讲故事。

（2）出示故事中的对联，读一读，赏一赏（提示：可运用楹联六要素进行赏析）。

（3）介绍王羲之。

（4）说说王羲之的门联巧在哪儿？拓展加字联。

（5）介绍《兰亭序》，做练习，出示楹联六要素，读一读，根据六要素完成练习。

4. 拓展：《解缙斗智》加字联　门对千竿竹　家藏万卷书

学生加字，感受对联的巧妙。

5. 新年快到了，自创一副春联，当当小才子。

一帆风顺年年好

学生自创，注意运用楹联六要素，同桌交流。请完成的学生把自己创编的对联写在黑板上，全班进行点评。

6. 学生展示自创、自书的春联，全班齐诵贺新春！

《鸡》教学设计

雷祥艳

教学目标：

1. 了解十二生肖中"鸡"的故事。

2. 了解与"鸡"相关的楹联。

3. 感悟词性相当的妙处，并能在练一练中简单运用。

课前准备：

1. 多媒体课件。

2. 《笠翁对韵》视频。

3. 配乐。

4. 学生课前收集关于"鸡"的对联。

教学过程：

一、课前三分钟，复习导入

老师：课前三分钟交给大家，请同学们齐读。

生生对对碰：我出上联你来对！

二、引入新课，讲故事，板书课题

1. 雷老师给同学们带来了一幅图片。一起背一背十二生肖。今天我们要学的是十二生肖当中的"鸡"。

2. 老师讲十二生肖中"鸡"的故事，并提炼课题"鸡"。

鸡王是个争强好胜的家伙，成天惹是生非，打架斗殴。玉帝封生肖的时候，考虑了动物对人类有无功劳，鸡王当然就排不上了。有一天，鸡王看到已封生肖的马受人宠爱，心中十分羡慕，于是上前询问道："马大哥，你有今天的荣誉，靠的是什么？"马回答道："我平时耕田运物，战时冲锋陷阵，给人类立下功劳，当然就应该受到爱戴。"鸡王道："我要是也能封上生肖，受人尊重就好了。"马开导鸡王道："要得到人们的爱戴不难，只要你能发挥自己的长处，给人们实实在在地办点事就行了。拿已封的生肖动物来说吧，牛能耕田，狗能守门，猪供人肉食，龙可降雨，你天生金嗓子，说不定对人类有帮助呢。"

鸡王回到家中，左思右想，终于想到了用自己的金嗓子唤醒沉睡的人们这个主意。于是每天拂晓，鸡王就早早起床，亮开嗓子歌唱，把人们从睡梦中唤醒。人们十分感激鸡王的功劳，决定请玉帝把鸡也作为生肖赐封为神。

老师：听了这个故事你有什么感受？（鸡王为人们做了有益的事情，最终得到了人们的认可，要想得到人们的认可必须办实事）

3. 课前还有同学收集了与鸡相关的对联故事，哪位同学来分享一下你收集到的故事？（真是一个好玩的故事，感谢这位同学的分享，你的分享让同学们大饱耳福）

三、赏一赏

老师：刚刚我们听了生肖鸡的故事，其实在我们的楹联里也有许多与鸡相关的内容，咱们这节课所要学习的就是和鸡相关的楹联，赶快来赏一赏吧（出示课件）。同学们以自己喜欢的方式读一读这些对联。

1. 自读。

学生：自由读。

2. 配乐读。

老师：配乐读。对联是结构相称、节奏相应的，读起来朗朗上口，我们跟着音乐来齐读一下。

学生：（配乐齐读）

3. 讨论你喜欢的楹联，并说明原因。

老师：在同学们刚刚读的这些对联里面，一定有你非常喜欢的，和你的同桌说说你喜欢哪一副，为什么？

学生：朗读你喜欢的那副对联，再讲述理由。

老师：点评，增加理解与画面感。（3个）

4. 收集楹联并展示，引出词性相当。

老师：课前同学们收集了与鸡相关的楹联，哪些同学想来跟同学们分享一下？

学生：上台把自己的对联按上下联摆好，朗诵给同学们听。我的这副对联上联是____，下联是____，上联中的什么词对下联中的什么词……我喜欢它是因为……引出上下联词性相当。

老师：谢谢刚刚给我们展示的同学，真让我们大开眼界。就像刚刚同学们讲的那样，对联中上下联的词语是要相互对应的，这是楹联特点中的词性相当，也是楹联的一个十分重要的特点。

5. 出示对联，讨论词性相当。

老师：请同学们看看这几副对联（课件出示范例：金鸡日独立；紫燕春双飞。雄鸡唱韵；大地回春。白店白鸡啼白昼；黄村黄犬吠黄昏）。小组讨论：这几副对联上下联词语是如何互相对应的。

学生：请3名同学回答，其他同学补充纠正。

同学们真厉害，咱们在写对联的过程中呀，很重要的一点就是要词性相当。名词对名词、动词对动词、数量词对数量词、叠词对叠词、颜色词对颜色词。

四、练一练

下面，我们赶快用刚刚学到的对联词性相当的知识来大显身手吧！

1. 请把下面春联中所缺少的字补充完整。

猴岁呈祥；   把酒当歌歌盛世；
__年纳福。   闻鸡起____新春。

千里莺歌春泛绿；
九州鸡唱日初__。

雄鸡一二声，人间尽晓；
瑞雪____片，天下皆春。

白鹤飞来万户寿；
金鸡唤醒____春。

猴岁呈祥，长空五光十色；
鸡年纳福，大地_____。

2. 挑战升级：
春雨丝丝润万物；
红梅点点绣千山。

3. 根据上联写下联。
上联：雪里红梅放
下联：_____

老师：自己想一想，然后我请同学到黑板上来写。

我们来看看这些同学写的对联，满足字数相等，表扬！满足内容相关，不错！词性相当吗？这个不满足，我们一起来帮他改一改！应该怎么改呢？说说你的理由。

五、楹联积累
同桌互相背。
点名背。
齐背。

六、总结
同学们，今天我们了解了一些与"鸡"相关的对联，知道了对联的上下联必须词性相当，你们觉得有趣吗？希望每堂楹联课对同学们来说都是一次愉快的旅程。

《加字联》教学设计

杨 珺

教学目标：

1. 认识加字联，感受加字联。

2. 熟读并积累本课中的楹联。

教学过程：

一、学习了一学期的楹联，相信大家对楹联已经有了一定的了解，今天我们一起读一读这一副楹联：

一门父子三词客

千古文章四大家

学生读。

1. 一门父子指的是苏轼、苏洵、苏辙，四大家指的是欧阳修、韩愈、柳宗元、苏轼。

2. 这副楹联上下联都提到了苏轼，关于苏轼你知道些什么？

苏轼，北宋文学家、书画家，字子瞻，号东坡居士。

3. 我们还学过他写的古诗，我来说上句，大家来接下句：

一年好景君须记，（正是橙黄橘绿时）。

横看成岭侧成峰，（远近高低各不同）。

二、大家背得真不错。苏轼不仅是写诗的高手，而且也是写楹联的高手。那你知道他与楹联的故事吗？请同学们打开书，翻到 60 页，自由地读一读这个故事，读完之后说给你的同桌听一听。

1. 谁愿意来给我们讲一讲这个故事？（学生讲）

2. 从你的讲解中，我们知道了这个故事里面有两副楹联，请你来读读第一副楹联。

识遍天下字

读尽人间书

发愤识遍天下字

立志读尽人间书

（学生读。）

这个同学读得……

这个同学不仅把每个字读得很清楚，还注意了停顿。

我们也像他这样来读一读吧！

男生读第一副，女生读第二副。

3. 同学们读得很认真。看这两副楹联，你发现了什么？

（增加了字）

增加了字后还是字数相等，也符合楹联的特点。

（意思不同，前一副楹联中的苏轼很骄傲，后一副楹联中的苏轼很谦虚）

你是从哪个词体会到意思不一样的？

增加了字后还是楹联，发愤、立志都是动词，它们词性相当。

识遍跟读尽相对、天下字与人间书相对。

4. 第二副楹联在第一副楹联前面增加了两个字。就像这样在原有的楹联基础上加字，改变了原意，我们把这样的楹联叫作加字联。加字联有三个特点：加字、改变原意、具备楹联六要素特征。

我们来再来读一读这副加字联吧。

三、正是在这副加字联"发愤识遍天下字，立志读尽人间书"的影响下，苏轼通过发愤读书，终于成为一代大文豪。他也创作了很多楹联。传说苏轼有一天到山里游玩，走进一座庙里，庙里的老和尚看见苏轼穿着一身旧衣裳，就对他说了声："坐。"又对旁边的小和尚说："茶。"可老和尚跟苏轼一说话，发现苏轼学问不少，于是马上把苏轼请进了客房。一进客房，老和尚的口气也变了，对苏轼说："请坐。"又对小和尚说："敬茶。"老和尚再去打听，原来这个穷酸的人竟然是苏学士。老和尚赶紧让座，并说："请上座！"又喊小和尚："敬香茶。"他还一个劲儿地向苏轼赔不是，之后满脸堆笑地让苏轼写楹联，好贴在庙里。苏轼写好楹联后，老和尚过来一看，脸臊[sào]得红一阵儿白一阵儿的。

1. 跟学生一起完成。

2. 这副是不是加字联呢？

加字

改变了意思。

如何改变的？老和尚的态度能读出来吗？

楹联是因为逐字增加才让我们感受到和尚的……

四、像苏轼这样的文人才子还有很多，明代大才子解缙也是如此。

我们来看一看有关他的动画片。

解缙少时家境破落，但祖上留下来的藏书颇多。有一年春天，解缙看到江门外财主家山坡上绿竹苍翠，遂借景而作，在其书斋上写下一联："门对千竿竹，家藏万卷书。"不料财主对解缙此举大为恼火，一怒之下，令人将竹子全部砍断。解缙却借题发挥，提笔在对联上各添加一字："门对千竿竹（短），家藏万卷书（长）。"财主见状，更是气愤，便让人将竹林全部连根刨掉。解缙却不依不饶，又在上下联各添一字，变成了："门对千竿竹短（无），家藏万卷书长（有）。"令财主再也无计可施，甘拜下风。

五、解缙跟我们差不多年纪时都说出了这样的妙对，相信我们也能对出对子。对对子开始了，请看大屏幕：

轻风细柳，淡月梅花

轻风（　　）细柳，淡月（　　）梅花

轻风摇细柳，淡月映梅花
轻风舞细柳，淡月隐梅花
轻风扶细柳，淡月失梅花

六、看一看这副楹联怎么对？

两蝶逗；

一鸥游。

（花间）两蝶逗；

（水上）一鸥游。

七、同学们对得真不错，今年是羊年，即将过去，明年是猴年，看这一副有关春节的加字联怎么对？

上联：群羊（辞旧岁）

下联：金猴（闹新春）

八、今天，我们走近了苏轼，初步领略了加字联的独特魅力，当然，其中所蕴含的博大精深的中国文化，还需要同学们继续挖掘并传承和发扬。我们一起再来读一读今天学习的对联吧！

《春联学问知多少》教学设计

赵顺会

教学目标:

1. 复习春联的有关知识。

2. 知道如何选择春联。

3. 知道怎么贴春联。

教学过程:

一、忆一忆

爆竹声声脆（　　　）

满园春色好（　　　）

花开富贵（　　　）

梅开万树（　　　）

柳叶舒梅辞旧岁（　　　）

爆竹声中一岁除（　　　）

二、激发兴趣，揭示课题

老师讲故事：《年的传说》。

后来人们每逢过年，都要在门上贴大红的春联，关于春联，里面的学问可多了，学习16课《春联学问知多少》。

三、自读课文，看看课文介绍了哪些有关春联的知识。

学生自读，抽学生交流，老师板书：

  内容选择　适合心愿

  张贴方法　从右到左

四、出示对联，让学生读一读

1. 读一读下面的春联。

福如东海年年在　　　　梅开春烂漫

寿比南山日日新　　　　竹报岁平安

勤劳门第春光好　　　　　春回大地千山秀
和睦人家幸福多　　　　　日照神州百业兴

又是一年芳草绿
依然十里杏花香

2. 说一说，这些春联大概表达了什么意思。

3. 连一连：

描绘美丽的春光　　　　　　　　福如东海年年在
　　　　　　　　　　　　　　　寿比南山日日新

祝愿老人健康长寿　　　　　　　勤劳门第春光好
　　　　　　　　　　　　　　　和睦人家幸福多

展现祖国欣欣向荣的景象　　　　又是一年芳草绿
　　　　　　　　　　　　　　　依然十里杏花香

歌颂劳动人民幸福美好的生活　　梅开春烂漫
　　　　　　　　　　　　　　　竹报岁平安

表达人们对新的一年的美好祝愿　春回大地千山秀
　　　　　　　　　　　　　　　日照神州百业兴

4. 过年了，如果你选春联，会选哪副呢？为什么？

五、贴春联：春联选好了，那怎样贴呢？

1. 抽学生读课文 54 页，说说怎样贴春联。

板书贴法：上下联按从右到左的顺序。

怎样区分上下联？上联最后一字为三四声（称仄声），下联最后一字为一二声（称平声）。

2. 把下面打乱的春联重新连起来。

老师这里有一些被吹散的春联，同学们能不能帮我对一对？

艳阳照大地　　　　　　　处处迎春处处歌
福临门第喜气洋洋　　　　春色满人间

家家致富家家乐　　　　　　春满人间欢歌阵阵

3. 这里有贴好的春联，帮忙找出上下联。

万家腾笑语

四海庆新春

红联迎春庆平安

花灯高照迎富贵

六、小结

今天，我们学习了春联的一些知识，对春联又有了更进一步的了解。春节马上就要到了，你们不要忘记观察周围的春联哟，阅读春联也是很好的课外活动。

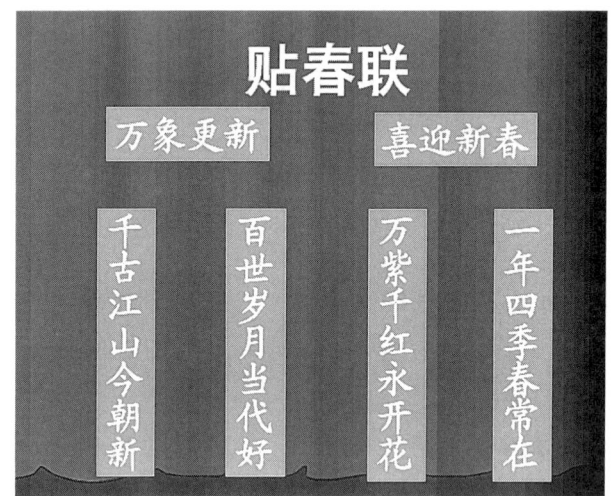

蟠龙小学教师楹联论文选

古韵入课堂　对仗生情趣

左　容　安春树

摘　要：祖国的文化博大精深，被誉为诗中之诗的楹联，是中国古典文化的宠儿。千百年来，它一直为我国广大人民群众所喜爱欣赏。随着中外文化的交流，它已流传到许多国家和地区，成为中国文化的一个独特代言。楹联讲究炼字炼意，它耐人寻味，给人启迪。在新课程改革和实现中华民族伟大复兴的关键时期，学校开设楹联课程正好适应了时代的要求。

我区教师进修学院非常重视楹联教学，组织老师们编写了《九龙楹联课》一书，学校将此书纳入了课程体系。近两年本人有幸参与楹联教学。我越来越深刻地感受到楹联入课堂，不但能提高学生的文字表达能力和遣词造句能力，培养学生的审美能力和高尚情操，还能让课堂妙趣横生。本文从"讲"楹联故事激发兴趣、"赏"楹联汲取人文精华、"创"楹联悟方法生情趣、"诵"楹联培养语感四个方面分享楹联进入课堂教学的情趣。

关键词：楹联　课堂教学　情趣

一、"讲"楹联故事激发兴趣

大家都知道楹联有着悠久的历史，它从五代十国开始，发展到今天已有一千多年。最早的对联据说出自五代后蜀孟昶笔下,"新年纳余庆,佳节号长春",到了宋代,楹联的应用范围扩展到用于庆贺、哀挽、题赠等方面,明清两代,楹联进入昌盛时期,出现了纪晓岚、郑板桥、林则徐、龚自珍、张之润等众多楹联高手。历史上留下了许多关于楹联的趣味故事。在上课时,我和学生一起搜集了一些趣闻来交流。如鲁迅先生小时候在三味书屋从寿镜吾先生读书时,就有对联课。一次老师出题"独角兽",同学中有的对"二头蛇",有的对"九头鸟",老师都不满意。鲁迅对"比目鱼",老师点头赞同。还有一回,老师出了五字上联:"陷兽入阱中",鲁迅对"放牛归林野",也得到了老师的夸奖。

我在执教楹联教材中的《勤动脑　善思考》一课时,先给学生讲《神童巧对》的故事:清代散文家方苞幼年时聪颖过人,七岁那年,有一次他途经田头,田里插秧的农夫知道他聪明伶俐,便叫他对对子。小方苞很高兴,忙叫农夫出上联。农夫一边用稻草捆秧一边念道:"稻草捆秧父抱子。"方苞低头思考,自言自语地说:"稻草、父也;秧,子也。"他举目前望,看见不远处有几个少妇正在把采下的竹笋投入篮中,他眉头一扬,自信地点点头,高声对道:"竹篮提笋母怀儿。"农夫听了惊喜不已,称方苞为神童。又如,开课时给同学们讲《苏小妹三难新郎》,这个故事讲的是苏小妹在洞房花烛夜时,出了一个上联"双手推开窗前门",把新郎难住了,这时苏东坡向湖心扔了一块石头,新郎一时受到启发,对出"一石击破水中天"。这就是在课堂中利用对联故事引起学生的兴趣。

为了让学生热爱楹联,课堂上,我尽量以小故事、对对子、小幽默的形式向学生传授枯燥的基础知识,使他们在了解历史的同时,也激发了学习楹联的兴趣。

二、"赏"楹联汲取人文精华

《语文课程标准》强调:"语文课程应通过优秀文化的熏陶感染,促进学生和谐发展,使他们提高思想道德修养和审美情趣,逐步形成良好的个性和健全的人格。"对联是形象的哲学,其中不乏名言警句,闪烁着人文精神和理性的光辉，为学生教育提供了范本。

在课堂教学中，我选择了一些富含人文精神的对联引导学生品味鉴赏，使学生在积累、感悟和运用中，提高自己的欣赏品位和审美情趣。如："宝剑锋从磨砺出；梅花香自苦寒来""书山有路勤为径；学海无涯苦作舟""黑发不知勤学早；白首方悔读书迟。"这些励志联语告诫学生学习最需要刻苦精神，可以激发他们的斗志。再如周恩来总理的自勉联："与有肝胆人共事；从无字句处读书。"该联把如何交友，如何读书，说得明朗透彻，富含哲理。徐特立的"有关家国书常读；无益身心事莫为"，是从读书和做事两方面的谆谆教诲。"纸上得来终觉浅；心中悟出始知深。"说明了实践出真知，感悟最珍贵。刘海粟的"宠辱不惊，看庭前花开花落；去留无意，望天上云卷云舒"，刻画了胸襟博大、淡泊宁静的高雅境界。

这些妙联佳对有着丰富的人文内涵，可以启迪学生的思想，提升做人的品格修养。品读这些对联，学生不仅能从中懂得许多为人处世的道理，也获得了美好的精神享受。

三、"创"楹联悟方法生情趣

楹联讲究对称之美，音韵和谐，语言精练，这是楹联的基本特点。很多妙联巧对大都在构思上匠心独运，看上去赏心悦目，读来妙趣横生。在艺术手法上更是花样繁多，多运用比喻、拟人、夸张、顶针、对偶等修辞方法，是语言艺术的最佳表现形式。如我校使用的楹联教材中的"雾锁山头山锁雾，天连水尾水连天"，就是典型的回文妙对，令人叹服！再如"风声雨声读书声，声声人耳；家事国事天下事，事事关心"，运用反复的修辞方法，强调了读书和爱国的重要性。学生在欣赏品味这些联语之时，自然能领会楹联的艺术技巧，并把这些技巧迁移到自己的创作之中，丰富语言的表达。

为了降低创作的难度，练习的内容应由浅入深。如老师先出上联，请同学们对下联，字数也由少到多，如：蚕吐丝——蜂酿蜜，辞旧岁——迎新年，画饼充饥——望梅止渴，行千里路——读万卷书，福如东海阔——寿比南山高，处处春光好——家家气象新，冬去山清水秀——春来鸟语花香。有时也可以出示不完整的对联，让学生猜对，如："活到老，学到老，老不服老。画亦精，字亦精，（精）（益）（求）（精）。"还可以个人或小组出对，同学应对。

结合每年我区九龙春联的征集活动和中秋、春节等传统节日，让学生练习创作对联。学生的作品往往很稚嫩，在教学中可以让学生用自己学到的楹联要素来改楹联，或给出上联，学生写下联，或提供一些词语、情景让学生进行创作，或是在生活中遇到想写的，随时都可以写下来给老师、同学欣赏。学生的作品中行业联、情理联较少，节日联、景物联较多。春节时，有学生写了一副楹联，上联"大圣鸣金辞旧岁"，下联"雄鸡唱晓庆新春"。学生觉得今年是猴年，把"大圣鸣金"改为"金猴举蹄"更能与下联"雄鸡唱晓"相对。这样的练习让同学们领悟了楹联的特点及创作的方法技巧，也使课堂更加生动有情趣。

四、"诵"楹联培养语感

《语文课程标准》明确指出："语文教学应注重语言的感悟、积累和运用，从整体上提高学生语文素养。"著名语言学家吕叔湘也曾经说过："语文教学的首要任务是培养学生各方面的语感能力。"小学语文作为一门基础学科，更应该强调语感的培养。楹联对仗工整，平仄协调，是一字一音的汉语语言独特的艺术形式。可以说，它具有对仗美、格律美、语言美等特点，欣赏楹联不但可以从中感受楹联的韵律美，更能有效地促进语感的形成与提高。

如，在教学《九龙楹联课》教材三年级上册《诗词名联》一课时，对其中的《画》一诗，我提出朗读要求：你懂得这首诗所表现的内容和意境吗？并指导学生一边打节奏一边读，注意读出韵味。让学生在读中去感悟楹联的内涵，不断提高自己的语感。语感的培养不是短时间内能见效的，教师在教学过程中可以利用楹联为抓手，指导学生领悟语言的内涵，感受语言的魅力，培养语感，并且恰当运用身边现有的、广泛的语言资源，使语感培养贯穿于学生的学习、生活的全过程。只要经过长期的积累，"厚积"而"薄发"，学生良好的语感就能逐步形成。

楹联承载着中华民族几千年来的文化遗产，是人民的智慧结晶。继承和弘扬楹联文化是每位教育者的责任。作为一名语文教师，我感到了肩上的重任，于是，我注意在课堂内外以多种形式对学生进行楹联文化的启蒙教育，也从中获得了不少乐趣。实践证明，楹联教学既拓宽了语文教学的领域，也丰富了教学内容，提升了学生的语文素养。悠悠古韵出情趣，琅琅书声飘课堂，让学生诗意地栖息在楹联课堂上，感受语言文字的美，这正是每个语文教师的不懈追求！

参考文献：

[1] 孟繁锦：《联律通则导读》，中国诗词楹联出版社，2012年版。

[2] 丁慈矿：《小学对课：语文基础训练与情趣培养》，上海教育出版社，2012年版。

摸索中前进　前进中摸索

——浅析在小学开展楹联课程的得与失

雷祥艳

摘　要：在小学开设楹联课程初步探索了楹联课堂教学的基本模式，推进了学校特色课程构建，拉近了学生与楹联的距离，提升了学生的语文素养，让学生受到传统文化的熏陶并取得了一定的成绩，但我们也遇到了一些难题，如教材编排水平有限、师资无法保障、学生积累不足、指导不足等。

关键词：小学　楹联课程　成绩　难题

楹联文化是我国优秀的传统文化之一。楹联又称对联，俗称对子，它言简意赅，对仗工整，平仄协调，韵调和谐，寓意含蓄隽永，是汉语言的独特艺术形式。楹联艺术是中华民族的文化瑰宝，是诗词曲河流中的一朵浪花，是汉语言文学中永不凋谢的奇葩。

为推进课程改革，打造学校特色课程，传承优秀传统文化，我校

在区教师进修学院的领导下,编撰了《九龙楹联课》这一校本教材。我校还将本门课程纳入了学校课程体系。《九龙楹联课》的编排跨度从一年级到六年级,每个年级分为上下两册,共12册,每册分为四个单元,每单元四课,每学期共十六课时。

课程开设一年多以来,我们用心思考,用力实践,取得了一定的成绩,也遇到了一些难题。下面笔者就这两方面的情况进行介绍。

一、开设楹联课程所取得的成绩

(一)初步探索了楹联课堂教学的基本模式

虽然我们对楹联文化的传承与发扬在理论和实践上都进行了一定程度的研究,但是缺乏实践性操作模式与方法,缺乏考量标准和细化措施。楹联课程的教学模式更是鲜少有人研究。

一年多来,我校楹联教师在科学发展观指导下,在九龙坡教师进修学院的带领下,以行动研究法和文献研究法为主导,积极探索,大胆尝试,作为第一个吃螃蟹者,初步研究了楹联课堂教学的基本模式,即"课前巧积累""读一读""赏一赏""悟一悟""练一练"。课堂中注重学生的自读感悟,自主学习,自主创作,全班交流,不断激发学生的学习兴趣,深化学生对传统文化的认识。

(二)推进了学校特色课程构建

在继承和发扬中华优秀传统楹联文化的基础上,根据小学阶段学生的身心发展和认知规律,系统化梳理楹联文化要素,构建了学生发展所需要的融平面课程(教材、环境、活动、生活)和立体课程(日课、周课、月课、期课、年课)于一体的特色校本课程。

日课:采用楹联作为课堂教学组织用语。不光是楹联课堂,全学科参与,各科老师都用经典楹联来组织课堂。周课:每周一次的"九龙楹联课",每周四早间的"楹联诵读时光"。月课:每月一次的"龙娃对韵"活动,全校师生积极参与,进行楹联知识大碰撞。年课:九龙迎新征联活动,除夕微信"贺岁楹联自创"活动,通过各种平台构建立体化的楹联课程。

（三）拉近了学生与楹联的距离

以往我校学生对楹联知识知之甚少，不了解楹联文化，不清楚楹联规则，更不懂怎么创作楹联。自开展楹联课程以来，学校多方位搭建楹联学习平台，拉近了学生和楹联的距离，也拉近了学生与传统文化的距离。"龙娃对韵"平台让师生、生生之间的思维蹦极，在"吟诗作对"中体验楹联之韵味、趣味，享受创作的乐趣；精心打造楹联文化墙；与班级文化建设有机结合，各班积极开展楹联手抄报、作品评比布展，在耳濡目染中让孩子们感受到楹联的魅力。学生学习兴趣浓厚，积极参与各种楹联创作活动，如有的学生就创作了富有童趣的楹联：

章鱼藏手臂；
水母躲珊瑚。

悟空惊玉帝；
哪吒闹龙宫。

光头砍树；
熊大保家。

夏天荷叶绿；
秋日菊花香。

美教室人人努力；
上操场个个争光。

（四）提升了学生的语文素养

当代小学生在接受新鲜的现代文化的同时，汲取优秀传统文化的

涵养是大有裨益的。作为语言文化的一个分支，楹联离不开语文知识，孩子们所学到的语文知识也能在楹联课上得到很好的发挥，孩子们还能在文化熏陶中进一步爱上语文，爱上汉民族语言，爱上传统文化，进而提升语文素养。

（五）学生受到了传统文化的熏陶

教材选材广泛丰富，有自然景观、传统佳节、民间故事、巴渝文化、名胜古迹、爱国情怀等。既有与传统佳节相关的作品，又有吟诵名胜古迹的作品；既有古代优秀楹联作品，又有描绘现代重庆和九龙坡的优秀作品；既有古时名人的名对，又有与学生学习生活息息相关的楹联作品；既有合乎楹联规则的共对作品，也有以趣味为主导的楹联作品。多姿多彩的内容扩大了孩子们的知识面，激发了孩子们对我国传统文化的热爱之情。

二、开设楹联课程所遇到的困难

（一）教材编排水平有限

虽然有区教师进修学院的指导，但是教材编撰时间较短，老师们又不擅长编写教材，我们在使用教材的过程中经常会遇到各种问题。比如教材编排逻辑不严密、知识点过难、楹联选择不合规则等，给课堂教学带来了很大的不便。

（二）师资无法保障

以往学校的课程体系中并没有楹联这门课程，也没有专门的楹联教师，楹联教师大多来自学校的语文教师，师资匮乏。语文教师虽然有一定的楹联素养，但毕竟没有深入研究学习过，专业水平不够。校内语文教师大多又是班主任，教学任务繁重，班级管理又耗费心力，导致无法专心致力于楹联课程研究。这些因素都是开设楹联课程的巨大困难。

（三）学生积累不足

楹联是关于语言文字的学问，需要一定的知识储备，但是小学生尤其是一到三年级的低段小学生正处在识字阶段，识字本身就是一个难点，更别提运用语言文字进行创作了。而且他们往往对楹联知之甚少，课堂上容易对楹联知识感到乏味，无心听讲。

（四）指导不足

楹联课程是一门全新的课程，还有很多地方需要我们探索。在课程实施过程中，我们缺乏理论指导和专家引领，虽然我们坚持每周一次的教研活动，就自己在上课过程中出现的问题进行探讨，但是没有专家引领和理论指导，无异于闭门造车，不利于课程的持续开展。

总的来说，楹联课程在我校开设以来，还是取得了很大的成绩，也确实拉近了学生与楹联文化的距离，提升了学生欣赏和创作楹联的水平，也让他们感受到了传统文化的魅力。但是摆在我们面前的难题也不容小觑，需要我们在科学的理论与方法的指导下，持续探索，不断努力，在摸索中前进，在前进中摸索。

楹联课，开讲啦！
——楹联课课堂教学模式初探

张成恂　阳　燕

楹联是中国独特的一种文学形式，它是在对联的基础上加入民间语言因素形成的，是民间喜闻乐见的语言艺术形式。既有阳春白雪的高雅，又有下里巴人的诙谐；既可走进象牙之塔，又能步入陇亩民间。但是这样一种传承千年的语言形式，却在我们的课堂教学中逐渐凋零。社会文化学告诉我们：一种语言和文学样式，越是广泛地运用，就越应该被社会重视。然而，与此背道而驰的现象却是：如今的楹联面临着江河日下、风光不再的危机——语文教材选编楹联不多,语文教师不讲楹联,或索性不懂楹联,写作课更与楹联无关。从小学、中学到大学,基本不提倡楹联教学,不能不说是一种遗憾。

在这样的背景下,在九龙坡教师进修学院的指导下,蟠龙小学的教师们编写了《九龙楹联课》一书,让楹联进入我们的课程体系,让这颗千年明珠不再蒙尘。老师们的目的就是通过一系列的教学实践,研究探索楹联的教学模式,提升学生的文化底蕴,传承经典文化,丰富语言积累的多样性,提高学生运用经典的意识和能力,唤起学生参与学习的主动性,进而提升语文核心素养。

《九龙楹联课》共12册,每册16课,每课分为四个部分,分别是"读一读""赏一赏""悟一悟""练一练"。本文就教学《叠字联》一课为例,浅谈楹联课的基本教学模式和意义。

一、激趣导入,对子练习

师生一起做叠字小练习。引导学生观察发现叠字的特点:字数相等,词性相当,两个相同的字组成的词语。老师板书"叠字",为叠字联的教学做铺垫。

二、读一读,初步感知

教材在"读一读"中编排了一个小故事,小故事中隐含着一条楹联。这样的编排也是基于学生们都喜欢听故事。笔者运用一位老秀才和小书童对叠字联和变叠字联的故事,让学生初步感知叠字联。学生自己动手用老师事先准备好的卡片,自由组合变叠字联,在激发学习兴趣的同时,复习巩固楹联六要素:字数相等、内容相关、词性相当、结构相称、节奏相应、平仄相谐。之后再读故事中的叠字联,在诵读中感受叠字联的节奏美,体验句子的对称美。

三、悟一悟，反馈交流

总结叠字的含义、规律，在此基础上引出"叠字联"，并建立"叠字联"的概念。

四、赏一赏，品读叠字联

（一）一"读"楹联，读通读顺，读出节奏美感

引用学生们都耳熟能详的《西游记》中孙悟空在花果山自封齐天大圣、后来又大闹蟠桃会的故事，引出里面两副有关花果山和蟠桃园的叠字联。

> 流水潺潺鸣玉佩
> 涧泉滴滴奏瑶琴
> ——《西游记》第三十回，花果山

> 夭夭灼灼花盈树
> 棵棵株株果压枝
> ——《西游记》第五回，蟠桃园

开展小组学习，抓住三个层次：（1）读准楹联；（2）借注释、抓字眼、悟联意；（3）划出停顿，读出韵律。这与我们在语文课上培养学生的小组合作探究能力是一致的，直指核心素养中的沟通与交流。

（二）创设情境，二"读"楹联，读出滋味

播放流水声和滴水声，让学生产生身临其境的感觉，感受花果山就像世外桃源一样幽静、秀丽，边听边读。出示明艳的桃花和硕果累累的桃树，感受蟠桃园的优美风光。听音乐，看图片，升华情感，全班齐读。

五、学一学,练一练,用一用,美化生活

练习(一) 巧用叠词对对子。

开课时,我们进行了一个小练习,现在提高难度,鼓励学生进行三字对。告诉学生这样的练习是没有标准答案的,只要符合对联六要素的特点,你认为哪个是好的,哪个就是最好的。

练习(二) 创设情境,用上叠字,给自己的家编一副春联。

横批:新春快乐

上联:老老少少,都添一岁

下联:_____,各过新年

让学生感受对联源于生活,也可以用于生活。

楹联的基本教学模式可由五个部分组成:导入激趣、初读感悟、反馈交流、品读感悟、学习方法及运用。这五个部分循序渐进,尊重了学生学习的基本规律,始终以学生的发展为核心,科学合理地规划了课堂时间,可以随时根据学生的学情调整教学目标,有效地提升学生的学习效率。

结 语

当代著名红学家周汝昌先生说过:"楹联是我们这个伟大民族的美学观和语文特点的综合产物,是几千年文化史上的高级创造积累的特殊成就。"楹联,是我们汉语教育的重要资源,我们应该以新的视角全面观照它,鉴赏它、传承它、光大它,使对联在现代汉语教学中受到合理的重视,并占有一席之地!

巧用小楹联　活学大语文

左　容

摘　要：新一轮课程改革倡导教师要开发课程资源，要创造性地开展各类活动，增强学生在各种场合学语文、用语文的意识，多方面提高学生的语文能力。让学习语文的过程充满生命的活力，成为孩子们追求生命完善、丰厚文化底蕴的愉快历程。楹联诞生于诗的国度，其通俗而不失高雅、严整而不失灵活等特点体现了中华民族语言文字的艺术魅力，沉淀着深厚的历史文明，折射着中华民族的精神风貌。弘扬楹联文化是传承民族传统文化的需要，也是提高学生综合素养的途径。我校地处九龙楹联之乡，有深远的楹联历史和丰富的楹联资源。在新课程改革和全面建成小康社会的伟大时期，学校开设了楹联课程。教材是区教师进修学院组织老师们编写的《九龙楹联课》，学校将此书纳入了课程体系，并以"平仄之韵　人生之美"为办学理念，借楹联文化艺术的特色来教育孩子。本人这几年一直参与楹联课程的编写和教学，本文将从走进楹联、积累楹联、创作楹联几个方面谈谈自己的粗浅体会。

关键词：对联　传统文化　语文素养　创作

一、转轴拨弦三两声，未成曲调先有情——走进楹联

汉语是一种充满诗意的语言，楹联作为汉语言特有的文学形式，充分地表现了汉语的特征，以极为短小的篇幅展现了汉语对仗工巧、音韵和谐之美。在古代的私塾教育中，学生除学习儒家的经典之外，还要学习《笠翁对韵》《声律启蒙》等内容。现在的学生由于受认知水平的限制，如果只是照本宣科地告诉他们楹联的概念，相信大部分学生都是不知所云的。因此在楹联教学中，我采用"诵古诗""讲故事"

"看图文"的方式，教孩子们认识楹联。比如出示古诗《元日》，师生美美诵读后，让学生体味，寻找诗里藏着的许多有趣的过年风俗，爆竹声声、喝屠苏酒、换桃符（贴春联），好一个热闹、欢乐、祥和的春节。师生共同交流春联的历史——桃符。接下来，通过网络观看古代"厅堂门柱"的图片，然后告诉他们楹联就是写在这门柱两旁的一对句子，它们的字数相同，读上去朗朗上口，非常好听，简单说就是对联。同时让学生分别数一数上下两联的字数，加强其感性认识。在此过程中，向学生展示自己创作的在九龙楹联公众号、《九龙文艺》上的作品："友善守礼言行雅；心静乐思学业优。""功崇惟志，有志皆催梦想；业旺在勤，能勤更铸辉煌。"也分享学校高年级同学在《九龙春联》上发表的作品，如"雏鹰争展翅；骏马再扬蹄"等，这样学生就会感叹"原来老师和学长不仅知道，还会写，楹联就在我身边"，于是学习兴趣就被提上来了，一下子就活跃了课堂气氛。

楹联与书法是天作之合，是自然生成的一对鸳鸯。我也结合九龙坡区的历史文化来达到教学目的。在课堂上播放事先录制的彩云湖，定格湖边的一副对联："岚烟腾正气犹如国运蒸蒸上；镜泊鉴丹心要领春潮滚滚来。"（注：打乱顺序），并附上图片，让学生运用平仄知识找出其上下联，这样除巩固了旧知识，同时也在无形之中使学生感受到家乡的美丽，从而激发热爱家乡的情感。为了提高学生的兴趣，还给他们欣赏一些书法家书写的精美对联，明白左右对称之美，于是，学生练书法也更规范了。

二、问渠哪得清如许，为有源头活水来——积累楹联

（一）对韵儿歌起步

新课标指出要"致力于语文素养的整体提高"，语文教学中要培养学生朗读的能力，使学生在读中悟，因此楹联教学我也从这方面着手，让学生在朗读中逐步感受楹联的形式美与韵律美。首先选择最基本的《声律启蒙》《千字文》《三字经》，它们韵律平仄相谐，节奏相应，读来朗朗上口，学生能在潜移默化中感受楹联的韵律美、结构美，同时

也为日后创作打下基础。选一部分朗朗上口又贴近儿童生活的对韵歌带领学生晨读午诵，如"天对地，室对家，落日对流霞。黄鹂对翠鸟，甜菜对苦瓜。文对武，月对星，好友对嘉宾"。再向学生介绍楹联的常用术语，如上联、下联、全联、言、联尾、节奏、节奏点、横批等。并借趣味性的问答形式，让学生通过现代汉语拼音的四个声调感性地认识平仄。通过诵读楹联，运用古诗中划分朗读节奏的知识，让学生明确"节奏"。引导学生发现对联的特点，总结用律规则，即"一联之中平仄交错，两联之间平仄相对"。如"人间清暑殿；天上广寒宫"，我就指导学生划分节奏，标注平仄，找节奏点，进一步体会楹联的韵律美。

（二）古诗对联引路

打开统编语文教材，不难发现阅读课文的篇幅明显增多，古诗文篇目增加到129篇，占课文总数的30%，并增设了以对联、对句为主要内容的"语文园地"。我以诵读的方式，让学生记住这些对联或对句，使他们在潜移默化中对这种文学表达形式有所了解。传统古诗词中蕴含着大量的对联，例如"窗含西岭千秋雪，门泊东吴万里船""梅子金黄杏子肥，麦花雪白菜花稀""泥融飞燕子，沙暖睡鸳鸯"等，这些都是耳熟能详的对仗联句。让学生课余收集古诗对联，积累并背诵工整的古诗词，为学习写对联打下基础。

（三）书法佳联提升

每一个名胜古迹都会有不少语言精练、韵味优美、意境深远、书法精美的古今楹联。这些楹联熔文学、书法、雕刻等综合艺术于一炉，独具魅力。作为语文教师，我不会放过这一资源。寒暑假时布置作业，让学生利用假期游览祖国的大好河山，观赏名胜古迹，收集各处喜欢的楹联，开学后师生共同分享，如到杭州西湖的同学收集的"四面荷花三面柳；一城山色半城湖"，去云南昆明市黑龙潭的同学收集的"两树梅花一潭水；四时烟雨半山云"等，深受大家的喜爱，对祖国山水的热爱之情溢于言表，同时也陶冶了情操。

三、接天莲叶无穷碧，映日荷花别样红——创作楹联

新课程改革强调语文教学应注重学生阅读及写作能力的提高，让学生不仅要能读、会读，还要能写、会写。要实现学生楹联知识和楹联创作能力的提高，必须做到"读写结合，用读促写"。

（一）联系生活，由简到难

充分尊重小学生的认知规律，由浅入深，由简到难。首先进行对课训练。有了前期对《声律启蒙》的不断吟诵，因此在一定的学习阶段中，我开展了"对课"训练，以达到将理论运用到实践中的目的。比如老师说"风"，学生对"雨"；老师出"绿柳"，学生对"红桃"。从一字练起，一直练到七言、九言、十一言为止。欣赏教材中有趣的人名对联和地名对联，如五年级上册楹联教材一单元有"癸辛街；子午台"这样的地名佳联，结合家乡重庆的地名"秀山"，引导学生对出下联浙江的"丽水"。让学生找找班上同学的人名配成楹联，给爸爸妈妈的行业写一副楹联，这样学生就会兴趣盎然，也为进一步学习楹联打下了坚实的基础。

（二）融入课堂，浓缩内容

课文学习融入楹联。楹联教育是语文教育不可或缺的组成部分，它不仅能够提升学生的欣赏水平，还能提高学生的写作能力。在学习课文的过程中，我引领学生进行楹联创作，用楹联概括课文主旨，浓缩课文内容。每篇课文都有一个主题思想，有些课文学生很难体会到主题思想，但从楹联入手学生就容易掌握。我在教学《穷人》一课时，让学生找出课文中描写的主要人物，并板书"桑娜""渔夫"，在学习感受人物品质后引导学生分别补充上"善解人意"和"乐于助人"，一副对联"桑娜善解人意；渔夫乐于助人"即成，也增强了对人物的了解。学习了《怀念母亲》一文，让学生找出文中作者怀念的两位母亲，根据字里行间表达的对母亲的情感，引导学生创作楹联。有的同学写道："回想祖国频来入梦；怀念母亲深藏挂牵。"有的板书体现了课文结构,有的板书表示了事件发展的顺序,有的板书归纳了课文的主题思想。教学中有意识地用楹联形式设计板书。如《唯一的听众》一文,老教授三次"平静"地望着我,是她无声的鼓励给我了自信,使我不断进步。有学生就说:"一平静二平静三平静;先鼓励再鼓励还鼓励。"这时我就加了一个横批:走向成功。同样,在读了《学弈》后,有孩子得出了这样的体会:"专心致志学习好;三心二意事无成。"这些联语浓缩了课文内容,也表达了学生自己的感悟。

(三)结合节庆,开展竞赛

楹联在艺术手法上更是花样繁多,多运用比喻、拟人、夸张、顶针、对偶等修辞手法,是语言艺术的最佳表现形式。如我校使用的四年级上册的楹联教材中的第一课,其中有"雾锁山头山锁雾;天连水尾水连天""东海茫茫龙世界;西林郁郁鸟家乡",是典型的回文妙对,令人叹服!五年级上册第四课中的灯谜对联"走马灯,灯走马,灯熄马停步。飞虎旗,旗飞虎,旗卷虎藏身",对仗工整,堪称妙对。教学中指导学生在欣赏品味这些联语之时,自然能使他们领会楹联的艺术技巧,并把这些技巧迁移到自己的创作之中,丰富语言的表达。每学期开学,我校都要征集学生假期创作的楹联在公众号上发表;迎接新年时,我区又有九龙春联征集活动;教师节、国庆节我都让学生进行创作。如度过了一个愉快的暑假后,有同学在开学初写道:"凤凰城边绕江水;吊脚楼前挺竹林。""苦读六年今朝分胜负;磨炼千天明日定乾坤。"让学生结合生活练习创作对联,尽管作品稚嫩,他们也乐此不疲。还可以让学生用自己学到的楹联要素来改楹联,进行情景创作等。这样的练习让同学们领悟到了楹联的特点及创作的方法技巧,更提升了师生的综合能力。

"巧用小楹联,活学大语文。"自从楹联进入我的语文教学后,教学的领域拓宽了,教学内容丰富了。师生共同徜徉在楹联文化的海洋里,体会民族文化的无穷魅力,感受我国传统文化的博大精深,也为语文学习打开了一扇清新自然、色彩斑斓的窗子。我深知楹联教育的道路是漫长的,充满了机遇和挑战,但我坚信有悠悠古韵、阵阵弦歌回荡的课堂必将精彩!

参考文献：

[1] 孟繁锦：《联律通则导读》，中国诗词楹联出版社，2012 年版。

[2] 彭小明：《对联与现代语文教学》，载于《兰州学刊》，2003 年第 4 期。

[3] 丁慈矿：《小学对课：语文基础训练与情趣培养》，上海教育出版社，2012 年版。

论小学楹联课程的发展趋势

张成恂

摘　要：《语文课程标准》中语文素养的内涵非常丰富，充分体现了语文的综合性和实践性的特点。我认为，语文素养既包括对语言文字的理解和运用，更包括对文字背后历史文化的了解和挖掘。因此，培养学生的语文素养既要夯实学生的文化底蕴，提高语言表达能力，又要培养学生的文学素养和审美情趣。

关键词：楹联课程　课程开发　课程发展

楹联作为中华民族的国粹之一，在提高学生语文素养、培养思想品德、挖掘学校特色文化建设方面有着独特的作用。它有别于一般的传统文化，既有阳春白雪的高雅，又有下里巴人的通俗；既有厚德载物的精神家园，又有与时俱进的生存变化；既能高登宗庙朝堂，又能散入寻常百姓家。可以说，楹联就像一块流光溢彩的画布，在传统文化源远流长的积淀中，又闪烁着时代潮流发展变化的光芒。党的十八大以来，习近平总书记多次强调要传承和弘扬中华优秀传统文化，指出："中华文明源远流长，孕育了中华民族的宝贵精神品格，培育了中国人民的崇高价值追求"，"优秀传统文化可以说是中华民族永远不能离别的精神家园。"

习近平总书记的话为我们提出了新的思考：如何顺应时代要求，让楹联课程在与时俱进中焕发生机活力，让这片精神家园更加蓬勃光彩。我校作为小学楹联课程特色学校，在长期的楹联课程实践中，经过不断的探索，有以下总结和思考：

一、小学楹联课程的向下扎根

原中国楹联学会顾问刘叶秋先生曾经写道:"楹联是中国文苑内的一枝奇葩,形式独特,自放光彩。在中国文学史中,当与诗文词曲,同列雁行,并驾齐驱。看到楹联创作的日益繁荣和理论研究的早出成果,是我的最大希望。"要实现刘叶秋先生的希望,推进小学楹联课程内容的改革势在必行。当前楹联课程存在偏、难、繁、旧的问题。课程中所用楹联示例里的典故不容易引起小学生的兴趣,楹联里的词语与当前时代用语差异较大,楹联里的法则难度较大,不利于小学生模仿和掌握。俗话说:"穷则变,变则通,通则久。"只有改革小学楹联课程的教学内容,顺应时代的要求,才能寻求更多的维度,使广大小学生更容易接受。

(一)课程内容应该更加贴近小学生实际

小学课程所选择的教学内容应该符合小学生的认知水平,少一些成人眼光和思维。例如我校楹联课程《多彩的秋天》中所用的内容为:"茄子穿上紫色袍,南瓜披着金衣裳。"茄子和南瓜是小孩子比较熟悉的蔬菜,它们的颜色鲜艳,引人注目。教材使用这样的楹联,很容易就能使学生举一反三:生活中还有哪些蔬菜瓜果也是这样引人注目的呢?可不可以利用它们的颜色或者形状上的特点来创作楹联呢?例子中的"穿上"和"披着"也非常生活化,巧用动词就能赋予楹联灵性。再如《吕蒙正写春联的故事》一课中所用的内容:"年年多吉庆,岁岁保平安。"这个内容既充分反映了楹联上下联仄起平收的特点,又降低了小学生选词的难度,使学生读得懂,用得上,很能激发他们学习楹联的兴趣。"问渠那得清如许,为有源头活水来",只有充分尊重实际情况,用不断革新的课程内容去适应时代的发展,才能让小学楹联课程推陈出新,永葆青春。

(二)课程形式应该追求灵活多变,以趣为主

小学生的思维特点决定了他们喜欢生动有趣的学习内容。从楹联

发展的历史来看，源于先秦时期的桃符，后来演变成春联，并与同步发展的文体合二为一，形成了最初的对联形式。对联既有字数的要求，也有平仄的要求，在发展过程中还逐步融入了典故，对词性、句式的要求也越来越严谨。可见，楹联的创作难度并不低，并不是每一个人都能够熟练掌握的。要让小学生喜欢并掌握楹联的写法和用法，就需要教学内容有更多的灵活性和趣味性。我校在这方面做过一些探究，例如在《叠字联》一课的教学中，先引导学生观察两个相同的字组成的词语，如"三三，来来，家家，忙忙，风风，日日"，再引导学生得出结论：字数相等，词性相当。在得出结论的基础上进行有趣的组合，如"三三两两，来来往往""家家户户，忙忙碌碌"。在语文课堂中，开展语用教学，需要以理解为前提，以积累为关键，以运用为归宿，以情趣为灵魂，最终达到提高学生语言文字运用能力的目的，学生对"叠字"这一楹联教学目标就产生了深刻的印象。兴趣是最好的老师，有了学习兴趣，教师就能充分发挥学生在学习过程中的主动性和积极性，进而营造宽松、和谐的学习气氛，提高学生的学习效率。

（三）课程评价应该进一步落实"语用"，强化语言实践能力

在楹联课程中，围绕语言开展语用教学，以理解为前提，以积累为关键，以情趣为灵魂，以运用为归宿，最终达成语言文字运用的目的。根据这一目的，课程的评价标准与语文教学的评价标准要区别开来，将"语用"的地位提到更高的程度。因此，在课程推进中，应该更加注重"思考""模仿""拓展"，重视"感知语言—理解语言—运用语言"思维过程的养成，轻讲解，重练习。例如在《勤动脑 善思考》一课的教学中，教学最后的落脚点是"根据一定的情景创作楹联"，教师通过多媒体向学生展示多幅场景，这些场景从"五感"出发，多方面地刺激学生的思维活跃程度。在"杨柳桃花"这一情境中，学生就创作了"细雨拂杨柳，桃花笑春风"这样的佳作。在评价学生的语言实践时，不要过于依据楹联固有的语法，要以点拨和鼓励为主，保护学生的积极性。有了种子才有果实，正所谓：自古求学无捷径，循序渐进攀高峰。

二、小学楹联课程的向上生长

（一）组织结构对课程的支撑

小学楹联特色课程的开发应该按照一定的思想和理论，鉴于当前情况，可以先进行课程开发，在实际过程中总结思想，反推理论，基于工作过程实现理论上的创新。同时也要考虑楹联的专业特性和小学生的认知特点，按照能力培养的目标和循序渐进的原则，分年级段序化课程，使课程兼具"线性"和"发散性"的特征。由于楹联课程体系没有参照标准，因此编制课程目标，即建立课程标准也要同时进行。

楹联课程建设可以纳入学校提高整体教学水平和人才培养质量的框架，涉及教师队伍、教学内容、教学方法、教材、教学管理等教学基本建设工作的诸多方面，应统一部署，成立课程建设领导小组，负责组织制定课程建设规划、方案，组织开展课程的验收和精品课程的评选，对各类课程进行检查、指导和评估等工作。

（二）配套资源的链接

楹联文化的内涵非常丰富，既是文字的精妙运用，又是书法及审美的高度凝练。围绕楹联课程的开发，从"环境育人"的角度打造楹联特色学校的校园环境设计，让学生从走进校园伊始即受到楹联文化的熏陶和感染。

（三）课程资源的辐射

小学楹联课程的打造也需要社会的认可，社会对楹联文化的接纳能够更好地反哺楹联课程在学生群体中的推进。在我校楹联课程推进过程中，课程小组组织广大师生根据特殊的节日或者重大事件创作楹联。老师们还将这些楹联送到学校周边的社区住户，既拉近了学校与社区的关系，又让楹联文化熏陶感染更多的群众。从实际效果来看，群众对通过楹联传承文化习俗有着极高的认可度，同时非常欣赏学校开展楹联课程，并希望孩子们能够继承和发扬楹联文化。

三、小学楹联课程的向外拓展

小学楹联课程的发展不仅要重视自身的挖掘,还要重视整合资源,发现新的运用领域。

(一) 语用上的拓展

从文化意义上讲,楹联对仗工整,平仄协调,是一字一音的独特的艺术形式,对学生更好地掌握语言的音韵美、结构美有着独特的作用。因此,小学楹联课程的发展需要和学生的口语交际和习作结合起来,思考如何通过楹联的学习,使学生的口头语言和书面语言更加生动。楹联不仅和语言紧密相连,而且与书法艺术也是相依相存的。在推进楹联课程发展的同时,可以与小学书法课结合起来,让两者的关系更加紧密,形成共同发展的"命运体"。

(二) 社会功能的拓展

楹联因为具有装饰功能,同时能够通过文字的意蕴传递美好的祝愿,长久以来都是人民群众喜闻乐见的文学艺术作品。因此,在推进楹联课程建设的时候,应该将它的社会功能考虑进来,在传递深刻的文化内涵时,能表现强烈的爱国主义情怀、鲜明的地域特色、丰富的审美功能、教化功能、宣传功能和交际功能,使楹联课程具有更加强大的生命力和适应力。

(三) 游戏功能的拓展

社会发展的标志之一就是不断地推陈出新,在学习方式上也应该与时俱进。如果适当地放弃传统的教学方式,不再拘泥于课堂教授式的学习,而是运用游戏的方式,就可以让楹联学习的方式更加多样化、趣味化,使学生变被动学习为主动学习。

中华文化之所以能屹立于世界民族之林,璀璨夺目,熠熠生辉,最根本的就是深深植根于民族基因的文化自信。相信随着小学课程建设的推进,古老的楹联文化必将散发出更加灿烂的光芒。

参考文献：

[1] 孟繁锦等：《联律通则导读》，中国诗词楹联出版社，2012年版。

[2] 丁慈矿：《小学对课：语文基础训练与情趣培养》，上海教育出版社，2012年版。

继承传统文化　启发子孙后代
——浅析我的楹联教学

郑春兰

摘　要：楹联是中国古典文化的宠儿，我校是楹联文化特色学校，兴趣是最好的老师，我们要根据孩子的年龄特点，让他们在活动中学习楹联，爱学、乐学、会学。

关键词：楹联文化　寓教于乐　自创舞台　以赛促学

楹联是中国古典文化的宠儿，自古以来一直为我国广大人民群众所喜爱、欣赏，也日益为国内外汉学家重视。巴渝文化博大精深，源远流长。九龙镇是楹联之乡，蟠龙小学作为教学育人单位，继承并发扬楹联文化势在必行。对联讲究炼字炼意，因而它能引人入胜，发人深省，耐人寻味，给人启迪。思想健康、艺术精巧的对联更是经久不衰。在新课程改革和中华民族伟大复兴的历史时期，学校开设楹联课程正好适应了时代的要求，那么，在小学课堂中该如何实行楹联教学呢？我认为可以从以下几方面展开。

一、寓教于乐，在玩中学习

当我们翻阅有关楹联的各种理论书籍的时候，不难发现关于楹联的知识有很多，令人眼花缭乱。然而这些枯燥的知识我们不能一股脑儿地灌给学生，只能小心呵护，慢慢引导。兴趣是最好的老师，于是我们从孩子们感兴趣的诗词入手,让孩子步入校园就能处处感受到楹联的存在,在不知不觉中受到楹联的影响。正如人的潜意识一样,在楹联文化氛围熏陶下的学生,对楹联教育的接受效率会高很多。比如学习园地、走廊横幅、班级标语、每个学生的座右铭、黑板报一角等都可以以楹联为内容,营造浓郁的校园楹联文化氛围。渐渐地,我发现孩子们特别喜欢吟诵楹联,于是相机介绍楹联知识,如仄起平收、词性相当等。

二、创设情境,在活动中学习

小学生的注意力是有限的,他们喜欢在课堂上做游戏,于是活动教学也是我们的一个教学契机。楹联教材上的第一项内容就是"读一读",里面讲述的一般是有趣的小故事,于是每节课的开课便会让孩子们讲故事,引入对联。说到讲故事,孩子们兴致就很高。接下来的"赏一赏"一般会有8副对联,倘若按这个顺序学下去,孩子们的积极性就不会太高,于是我便把孩子们分成小组,选择其中的一副对联来读,并让孩子们思考其意思,观察上下联是如何对的。孩子们的热情一下子就被激活了,学习效率也很高。除了课上的对联活动,课下的活动更具有空间和时间上的优势。比如自办楹联小报、用楹联标语布置班级板报、为自家写春联等。当自己创作的对联贴在班级内、校园内甚至发表在刊物上的时候,那种由于自豪感和榜样的力量所带来的楹联创作热潮是不难想象的。

三、给孩子们自创的舞台,增强学习的自信心

教学是双边活动,只有教师一味地讲解是很枯燥的,孩子们的创作也很重要。每一节课我都会在结尾时让孩子们自创相关的楹联,当然要搭一些梯子。比如出示一幅画,让孩子们说说画上有哪些景色,然后进行创作,或者是确实有难度的话,就给出上联,叫孩子们对出下联。开始的时候孩子们的创作都很稚嫩,但不管怎样我都会让他们尽量上台写在黑板上,这样会让他们有自信,然后集体进行修改。我

执教的是五年级的楹联课,其中有一课是景物联。这一课的内容有个重点是回文联。孩子们在语文课上接触过回文联,所以特别感兴趣。在这节课的结尾,我让孩子们创作回文联,结果孩子们的创作非常惊人。如上联是海上飞燕飞上海,下联就精彩纷呈:江内行船行内江、江内钓鱼钓内江、河边柳绿柳边河。孩子们对的下联真是太好啦。

四、经常举行比赛,在赛中学习

比赛的方法其实是跟前两者融合的,但绝对是一个提高学生学习楹联兴趣、提升楹联知识和创作水平的非常好的方法,所以要单独说一说。

比赛可以随时进行,可以在课上,也可以在课下。不一定有多么丰厚的奖品,甚至可以只是一句话,一阵掌声,但成效却很显著。年级不同,比赛项目也不同。高年级可以开展更深层次的楹联飞花令、楹联知识竞赛、楹联擂台赛、楹联小报赛、楹联板报等。当有大型的校内竞赛或组织学生参加校外竞赛项目时,结果会在校会上公布,学校会为获奖同学颁发奖品、奖状,在学生中树立榜样。楹联比拼的劲头就上来了,学生除了在课上认真听讲认真活动,还会在课外时间给自己"开小灶",以求在下一次的竞赛中能有不俗的表现。如此以赛代教、以赛促教、以赛养教,达到了事半功倍的效果。九龙镇每年都有学生楹联比赛,优胜者不仅可以得到许多物质奖励,而且自己的作品还会出现在刊物上,这样孩子们的积极性就更高了。

总之楹联教学是一种新型教学,我们也是摸着石头过河,根据自己学校的孩子因材施教。也许在这条路上会遇到很多阻碍,比如自己的文学功底不够深厚、教学方式有待改进等,但我们不是培养楹联专家,我们只希望传承祖国的优秀文化,让后代知晓并且喜欢传统文化。

借力楹联，提升学生的语言建构与运用能力

雷祥艳　赵晓其

摘　要：楹联是传统文化的重要载体，楹联教学是语文教学的重要内容，积极开展楹联教学有助于学生语文综合素养的发展。笔者教学楹联课多年，现结合自身的教学实践，从直观引入仿写楹联、巧用反义词、活用填空题、结合时事（抗疫）激发创作这几个方面，浅析如何引导一年级的学生进行简单的楹联创作，并在楹联创作中提升学生的语言建构与运用能力，以实现文化的传承。

关键词：楹联　创作　一年级　方法　传承

部编版语文教材主编温儒敏教授认为，"语言建构与运用"是语文学科独有的，具有本质意义的内容。《语文课程标准》要求学生在学习语言文字运用的过程中，建构语言运用机制，增进语文学养，努力学会正确、熟练、有效地运用祖国的语言文字。《语文课程标准》还要求"学生在语文学习中，继承和弘扬中华优秀传统文化、革命文化、社会主义先进文化，理解与借鉴不同民族和地区的文化，拓展文化视野，增强文化自觉，提升中国特色社会主义文化自信，热爱祖国语言文字，热爱中华文化，防止文化上的民族虚无主义"。

楹联是传统文化的重要载体，楹联教学是语文教学的重要内容，积极开展楹联教学有助于学生语文综合素养的发展。我校地处九龙楹联之乡，有深远的楹联历史和丰富的楹联资源。基于传统文化继承与发扬的视角，在九龙坡教师进修学院的指导下，在九龙镇政府的关心下，蟠龙小学的老师们编写了《九龙楹联课》一书，让楹联进入我们的课程体系，目的就是通过一系列的教学实践，研究探索楹联的教学模式，唤起学生参与学习的主动性，丰富语言积累的多样性，学会欣赏、创作，提高学生运用经典的意识和能力，进而提升学生的语文核心素养和文化底蕴，传承经典文化。

笔者教学楹联课多年，现结合自身的教学实践，从直观引入、仿写楹联、巧用反义词、活用填空题、结合时事（抗疫）激发创作这几个方面，浅析如何引导一年级的学生进行简单的楹联创作，并在楹联创作中提升学生的语言建构和运用能力，以实现文化的传承。

一、直观引入，激发创作

一年级的孩子活泼好动，思维中具体形象的成分占优势，概括水平处于概括事物直观的具体形象的外部特征或属性的直观形象水平阶段，因此老师在教学时要尽量运用直观形象的教学方式和方法。在执教《多彩的秋天》这一课时，课前笔者收集了大量关于秋天的视频和图片资料，有秋天的颜色、秋天的声音、秋天的图画等。课堂上先用这些直观美好的视频和图片让学生感受到美，感受绚丽多彩的秋天，进而激发他们的创作欲望。

考虑到孩子们刚开始学习楹联，我先出示简单的上联"秋天到"，然后让孩子们结合自己在生活中对秋天的感受及课堂中观看的关于秋天的视频和图片，和同桌商量对出下联。孩子们的热情高涨，创作了很多作品，但是由于他们对楹联的创作规则不熟悉，很多作品都不符合楹联六要素的要求，有时候字数不相等，有时候内容完全不相关，平仄就更难满足条件，比起直接告诉他们楹联六要素，我更倾向于在课堂中适时地纠正和引导，当学生说出字数不相等的作品时，就告诉他们楹联必须上下联字数相等、内容相关。一年级的孩子需要老师在课堂中引导他们写出符合楹联规则的作品。

在老师的引导启发下，孩子们创作了以下楹联：

秋天到；稻谷熟。

秋天到；空气凉。

秋天到；小麦熟。

秋天到；树叶黄。

秋天到；谷穗弯。

秋天到；水果甜。

秋天到；果子香。

这些楹联浅显生动，富有童趣。

二、咏《对韵歌》，仿写楹联

部编版一年级语文上册编排了一篇课文《对韵歌》：

云对雨，

雪对风。

花对树，

鸟对虫。

山清对水秀，

柳绿对桃红。

本课是一篇对对子的小韵文，是中国传统文化的精髓之一。课文以自然景物为题材，共三句。第一句是以自然现象"云、雨、雪、风"为内容的单字对；第二句是以动植物"花、树、鸟、虫"为内容的单字对；第三句是以山清水秀和桃红柳绿的美丽风景为内容的双字对。通过诵读引导学生初步认识对子这种文学形式，激发学生对韵文的兴趣，感悟语言文字，从而受到中华传统文化的熏陶，培养热爱中国传统文化的感情。

楹联课上，我将语文课和楹联课有机整合起来，由孩子们熟悉的《对韵歌》引出楹联相关知识。楹联有上联下联，上联下联字数要相等，内容要相关，如云和雨、花和树这样的对子。孩子们仿照创作了如下楹联作品：

天对地。	莺对燕。
山对海。	山对水。
冰对雪。	月对星。
花对鸟。	春花对秋月。
虫对鱼。	唐诗对宋词。
清对淡。	青山对绿水。

由熟悉到陌生，符合一年级学生的认知规律，孩子们很轻松地就掌握了一些楹联的创作规则，又不至于给他们带来太大的学习负担，

保护了他们的学习兴趣。

三、巧用反义词,感悟正反对

从内容上看,每一副楹联都能够表达一个完整的意思。上下联的意义相同、相近,并能互相补充、深化的,叫正对;上下联意义相反、相对,内容上互相映衬、互相对照的,叫反对。在一年级上册的《九龙楹联课》第三课和第十二课中都出现了由反义词构成的反对。如:

远对近,古对今。　　　　笑对哭,吸对呼。
明对暗,早对晚。　　　　退对进,阳对阴。
有对无,出对入。　　　　优对劣,日对夜。
宽对窄,买对卖。　　　　紧对松,轻对重。
南对北,首对尾。　　　　香对臭,胖对瘦。
西对东,始对终。　　　　冷对暖,忙对闲。

一年级的学生理解楹联"正对"和"反对"有一定的难度,但是他们对近义词和反义词的掌握却相对轻松。由反义词切入,拓展到近义词,引出楹联的"正对"和"反对",孩子们能快速掌握这一楹联创作方法,并能把它们运用到自己的实际创作过程中。如老师出示"干",学生能很快对出"湿",老师出示"青山",学生能很快对出"绿水",以此类推。

干对湿,公对私。　　　　美对丑,薄对厚。
咸对淡,甘对甜。　　　　天对地,稠对稀。
旧对新,晴对阴。　　　　浮对沉,假对真。
强对弱,对对错。　　　　开对关,硬对软。
深对浅,加对减。　　　　负对正,降对升。
冷对热,饱对饿。　　　　死对生,反对正。
直对弯,长对短。　　　　胜对败,好对坏。
快对慢,双对单。　　　　熟对生,歪对正。
花香对鸟语。　　　　　　白天对黑夜。
白云对蓝天。　　　　　　东升对西沉。
蓝天对碧海。　　　　　　桃红对柳绿。

地北对天南。 莺歌对燕舞。
旧岁对新年。 旧岁对新年。
海角对天涯。 发明对创造。
雨雪对风霜。

四、活用填空，巧把楹联对对碰

《九龙楹联课》一年级上册第十六课是《蒋焘的故事》，这一课的"悟一悟"中讲到，对联中有一组动词，如果上联中有动词，下联中也要有动词，并配有明代文学家蒋焘的楹联："三跳，跳下地；一飞，飞上天。"为了让学生掌握带有动词的楹联，我设计了一些关于补充动词的楹联填空题，还扩展到了动词以外的楹联，如：

鱼（　）莲下；蝶（　）花间。

冬来雪（　）；夏至蝉（　）。

梅（　）万树；福（　）千门。

秋雨练练（　）；春风急急（　）。

（　）锣传捷报；（　）炮庆新春。

猴岁呈祥；（　）年纳福。

远（　）山有色；近（　）水无声。

读书（　）见识；提笔（　）文章。

悟空（　）玉帝；哪吒（　）龙王。

千里莺歌春泛绿；九州鸡唱日初（　）。

白鹤飞来万户寿；金鸡唤醒（　）春。

把酒当歌歌盛世；闻鸡起（　）新春。

雄鸡一二声，人间尽晓；瑞雪（　）片，天下皆春。

老师出示楹联，并教学生诵读，初步讲解大意，然后让学生尝试把楹联补充完整，在这一过程中让学生感受楹联的创作规则，并在运用中深化这一规则。

五、结合时事，建构语言

面对新型冠状病毒肺炎疫情，全国上下众志成城，积极应对，九龙镇文化站积极号召大家吟诗作对来表达齐心协力抗击疫情、争取全胜的决心。我们在全校师生中积极宣传动员，让孩子们自觉隔离在家，并结合自身经历和体验创作抗疫的楹联作品，如：

英雄出；炎症消。

小虫恶；卫士多。

家中自守；邻里相帮。

乖乖听话蹲家里；默默支持抗疫情。

远离疾病防传染；注意卫生保健康。

孩子们能在宅家抗疫的同时活学活用，积极遣词造句，建构自己的语言，创造了很多鲜活的楹联作品，实属不易。

当代著名红学家周汝昌先生说过："楹联是我们这个伟大民族的美学观和语文特点的综合产物，是几千年文化史上的高级创造积累的特殊成就。楹联，是我们汉语教育的重要资源，我们应该以新的视角全面观照它、鉴赏它、传承它、光大它，使对联在现代汉语教学中受到合理的重视，并占有一席之地！"

我在楹联课教学中灵活运用多种方式方法，激励学生尝试进行楹联创作，引导学生结合自身学习、生活经历，写出有真情实感并且充满童趣的楹联作品。我希望能在潜移默化中提升学生的语言建构和运用能力，提高他们的语文核心素养，进而促使学生热爱祖国语言文字，热爱中华文化，传承我国优秀的传统经典文化，以实现文化的创新性发展。

参考文献：

[1] 教育部关于印发《完善中华优秀传统文化教育指导纲要》，2014年。

[2] 丁慈矿：《小学对课：语文基础训练与情趣培养》，上海教育出版社，2005年版。

[3] 教育部：《义务教育语文课程标准》，2011年。

[4] 孟繁锦等：《联律通则导读》，中国诗词楹联出版社，2012年版。

小学对联教学策略初探

李雪梅

对联,雅称楹联,俗称对子,是我国文化艺术宝库中闪烁着奇光异彩的瑰宝,是华夏民族独有的文学艺术形式,是中华民族辉煌璀璨的传统文化遗产的重要组成部分。我们应珍视楹联这一宝贵资源,在对联教学实践中,大胆尝试,积极创新,以新颖别致、灵活多样的教学方式,让孩子们在自由漫步楹联乐园的过程中,受到中华优秀文化的熏陶与滋养。楹联教学可以从以下几方面入手。

一、故事引路,激发学习楹联兴趣

孔子云:"知之者不如好之者,好之者不如乐之者。"兴趣是最好的老师,对小学生而言,没有兴趣,就没有学习的动力。对联本身就具有独特的魅力,一些对联中隐藏的故事更是引人入胜,这些对联故事大多通俗易懂,富有生活气息,最能激发学生学习对联的兴趣。在课堂教学中,可以穿插一些有趣的对联故事,寓对联教学于曲折动人的故事情节之中,让孩子们在生动有趣的故事中感受对联的艺术魅力,从而对对联产生浓厚的兴趣。

楹联趣味小故事是我的每节楹联课中必不可少的项目。讲到故事中的对联,就把它写在黑板上,让学生参与其中,试着用自己的话说一说它是什么意思,上下联之间有什么关联。能说多少说多少,教师适当补充。从古至今关于对联的故事很多,内容也很丰富。有一类故事关于古代神童的巧对,在很大程度上启发了孩子们的智力。一次,我在课堂中给学生讲《解缙对对子》:

老师:明朝有一位大学士叫解缙,你们知道吗?

学生:(摇头)不知道。

老师:他是一位大文学家、诗人,还是个大书法家。他四岁的时候就是个神童，会对对联。有个大官知道了，不服气，要和他比赛对对联。解缙小的时候总喜欢穿一件绿色的小棉袄（课件出示：一个穿绿色小棉袄的小孩和一个穿红袍的大官），那个大官一看到解缙就来了这样一句（课件出示：出水青蛙穿绿袄）。解缙怎么对的呢？

学生们纷纷猜测、试对之后，教师课件出示：

学生：出水青蛙穿绿袄；入笼螃蟹套红袍。（笑声）

老师：青蛙和螃蟹都是表示动物的什么词？

学生：动物的名称。

学生：绿袄和红袍也是表示名称。

老师：穿和套呢？

学生：动词。

老师：仔细看一看上联和下联，有什么新的发现吗？

学生：发现了，上联的名词，下联相对的也是名词……

老师：这就是你们发现的对联的对仗这个很重要的特点——动词对动词、名词对名词。词性相同……

孩子们期待着每周一次的楹联课，他们希望听到更多这样有趣的对联故事，学到这样巧妙的对联，既能开心一笑，又能学到知识。

二、图文对照，明确楹联基本概念

如果照本宣科地告诉学生楹联的概念，相信大部分学生都是不知所云的。因此在楹联教学中，我们除了"故事引路"，还可以用"图文对照"的方式，使孩子们认识楹联。如在介绍楹联的概念时，我们可以通过多媒体课件出示一组"厅堂门柱"的图片，让学生发现楹联就是写在门柱两旁的一对句子，它们的字数相同，读上去朗朗上口，简单来说就是对联。同时让学生分别数一数上下两联的字数，加强其感性认识。

由于学生已经学习过汉语拼音，所以介绍平仄也并非难事。我们可以通过趣味性的"问答"形式让学生感性地认识平仄。明白现代汉语中的"第一声、第二声、第三声、第四声"又分别有另外的名字："阴平、阳平、上声、去声"，这就和我们小朋友有小名、大名是一样的。这里的"阴平、阳平、上声、去声"是四声的大名，而"第一声、

第二声、第三声、第四声"则是小名。第一、二声为平声,第三、四声为仄声。有了这一步的铺垫,我们再向学生介绍上联、下联、全联、联尾、节奏、节奏点、横批就轻松多了,同时学生也知道判断上下联的方法了。

三、读中品悟,感受音律结构之美

语文教学的核心之一就是要培养学生的朗读能力,使学生在读中悟,因此楹联教学也应从这方面着手,让学生在朗读中逐步感受楹联的形式美与韵律美。在楹联教学中,我们从最基本的《声律启蒙》《三字经》入手,它们韵律平仄相谐,节奏相应,读来朗朗上口,学生能在潜移默化中感受楹联的韵律美、结构美,同时也可为日后的创作打基础。

虽然有了前期的平仄介绍,但若只是单纯地告诉学生"一联之中平仄交错,两联之间平仄相对"的用律规律,学生是很难理解的。我们尝试用这样的方法:第一,通过诵读楹联,运用古诗中划分朗读节奏的知识,让学生划分节奏,并明确这就是"节奏";第二,告诉学生"节奏点"就是每个节奏中的最后一个读音;第三,让学生依据所学的平仄知识与老师一起标注楹联的平仄,如碰到古入声字,教师可作简单介绍;第四,引导学生发现对联的特点,每一联中的节奏点上"平仄是交错的",而上下两联节奏点上的字又是"平仄相对的";第五,教师总结用律规则,即"一联之中平仄交错,两联之间平仄相对"。

如"晨风吹古道,晚霞映南山",我就指导学生划分节奏,即"晨风/吹古道,晚霞/映南山",然后标出相应的平仄,即"平平平仄仄,仄仄平平平",不难看出这副楹联在"一联之中平仄交错,两联之间平仄相对",这样学生就会立刻领悟。

四、循序渐进,闪现创作智慧之光

对联的教学与学习不是一朝一夕或一蹴而就的,而是一个日积月累、循序渐进的过程。在教学过程中,我们不可急于求成,盲目冒进,而应循序渐进，因材施教。在引导学生进行对联创作的过程中，我们可以尝试由易到难、由宽到严、由粗到精、由一字到多字这样的循序渐进的创作训练过程。首先，我们可引导学生用一个字的反义词对句，如黑对白，红对绿，山对水，明对暗，是对非……然后再引导学生由一个字的对句拓展到两个字的对句"夜黑"对"昼白"，"桃红"对"柳绿"，"青山"对"绿水"，"花明"对"柳暗"，"你是"对"我非"……在此基础上，再由两字对句延伸到多字对句："桃红一片"对"柳绿千树"，"风吹桃红一片"对"雨润柳绿千树"……这样，采用滚雪球的方式，循序渐进，因材施教，在教师的引导下，学生就会闪现出一道道智慧之光。

传承传统文化　铸魂育人

——试谈在小学生中开展楹联书法的实践探究

宋旭峰

摘　要：为进一步加强中小学中华优秀传统文化教育，教育部研究制定了《加强和改进中小学中华优秀传统文化教育工作方案》。泱泱中华历史悠久，文化经典星河璀璨。对联是中国的传统文化之一，书法也是中国的传统文化之一。楹联是书法的内容之一，书法是楹联的载体，二者之间相互碰撞、相互融合、相互作用，产生出楹联书法这一艺术奇葩。我把楹联书法作为实践的一个切入点，在校园内开展楹联书法教学实践，建立学生书法社团，训练书法技能，利用当地文化资源熏陶影响学生，搭建平台，让学生展示才艺，推广传统文化，立德树人，助力学校特色。

关键词：中国传统文化　立德树人　楹联　书法　技能

为进一步加强中小学中华优秀传统文化教育，教育部研究制定了《加强和改进中小学中华优秀传统文化教育工作方案》，指出：围绕落实立德树人根本任务，多措并举，推动中小学中华优秀传统文化教育常态实施，实现利用中华优秀传统文化铸魂育人的系统化、长效化、制度化。泱泱中华历史悠久，文化经典星河璀璨。对联是中国的传统文化之一，又称楹联或对子，是写在纸、布或刻在竹子、木头、柱子上的对偶语句，对仗工整，平仄协调，是一字一音的独特的艺术形式。九龙楹联作为"巴渝十大民间艺术"之一，是重庆市对外宣传的一张靓丽的文化名片。蟠龙小学地处九龙坡区九龙镇，责无旁贷地应当传承和发扬这一优秀的传统文化。学校把楹联这种传统文化作为特色课程引入课堂，在学生中普及楹联文化，构建学校楹联特色文化，传承传统文化，推动学校发展，铸魂育人。如何把这一特色与平时学科课程相结合，成为学科老师思考的焦点。书法作为一门艺术，在我国已有三千多年的历史，也是中华传统文化之一，其实用功能自不待言，其审美价值、艺术价值独树一帜。各类楹联都要书写悬挂或张贴，自然离不开书法。楹联是书法的内容之一，书法是楹联的载体，二者之间相互碰撞、相互融合、相互作用，产生了楹联书法这一艺术奇葩，一副佳联，一副好字，视觉美与鉴赏美融为一体，丰富了人们的视野，促进了中国文化的发展，联和墨就此结下了不解之缘。要构建楹联特色学校文化，展示师生创作的优秀楹联，就需要把楹联写成书法作品悬挂展示，于是我把楹联书法作为实践的一个切入点。那么怎样有效地把楹联书法这一艺术形式作为课程在校园内开展，并让它在校园内生根发芽呢？这几年我做了一些实践探究，现分享给大家。

一、组建书法社团，教习提升素养

中华文化孕育了中国书法，中国书法承载了中华文化，经过三千多年的发展历程，中国书法艺术已成为中华文化思想最凝练的物化形态，是中国文化的代表性符号。书法是中华智慧、神韵、审美、哲学的统一，是以汉字为载体的中华民族的文化瑰宝。书，如也，如其学，如其才，如其志，总之曰如其人而已。2011年，教育部印发了《关于中小学开展书法教育的意见》，要求中小学校必须开设书法课程。学习书法会给孩子们带来非常多的益处，让他们在写字中学会做一个优秀的中国人。学习书法不能速成，需要长年累月的积累，可以培养孩子的耐心和定力；学习书法，在一笔一画的心摹手追中有利于培养孩子的审美能力，成为一个有审美的人；学习书法，主动动手，在固定的笔法中进行有规律的训练，有益于大脑的发育，消除孩子浮躁的情绪，达到内心的温和和坚定；学习书法，一笔一画都需要眼到心到脑到，需要孩子持之以恒的努力，这是未来孩子在学习路上必须要有的优秀习惯。写好中国字，做好中国人，这不仅是国家战略，更是大家公认的事实。

根据我校实际情况，借着构建楹联特色学校、楹联进课堂、楹联需要悬挂的契机，为助力学校特色发展，我们做了几件事。一是组团。虽然平时学生也上了硬笔书法课，但毛笔书法还是需要专门的教习和训练，于是我们把有书法特长及爱好的老师聚在一起，成立了楹联书法教师团队，并在三到四年级遴选了有书法爱好的孩子组建楹联书法社团，在只有一间书法教室的情况下，轮流利用每个年级每周两次下午放学后的一小时时间，为孩子们教习书法。二是教习。欲速则不达，遴选出来的孩子虽然有这方面的爱好，但要让他们对书法有持久的兴趣，教师团队从选择教材到教法学法都做了充分的研讨，我们选用了2014年教育部审定的北京师范大学出版社出版的《书法练习指导》作为教材，以欧体楷书为基础，结合米字开方习字格练习，从楷书基本笔画的写法，到独体字，再到合体字，采用学生先探究方法，教师再引导示范相结合的教学方式，主要落实到学生的实践上，让孩子掌握用毛笔书写汉字的基本技法，提高书写能力，并在练习过程中体验感受汉字的魅力，提高审美和书法素养。三是坚持。习近平总书记说，中国字是中国文化传承的标志，书法课必须坚持。学习书法坚持才是硬道理。三天不练手生，于是我们利用现代通信工具建立了家校联系群，家长与教师一起督促孩子练习书法，并对勤奋的孩子予以充分的肯定和表扬，激发孩子们的积极性，让他们体验到成就感。经过一年多的坚持训练，部分孩子的书法素养得到了明显提升，已经能书写流畅的楹联了。

二、利用当地资源，寻楹联润心灵

重庆是巴渝文化的发祥地，历史文化悠久，民间艺术广为流传。九龙楹联是九龙坡区九龙镇流传的一种民间艺术，被誉为"重庆八大特色民间艺术"之一。九龙楹联开始于明清时期，其形式生动、格调高雅、韵味独特，辅以书法、金石，颇具观赏性。发展到现在，楹联文化更是延伸到老百姓的婚丧嫁娶中。截至 1999 年年底，九龙镇有 36000 余人次创作了 24000 余副楹联，其中有万余副作品广泛应用于人们的日常生活之中，并有 260 余副镂刻在木、石、竹、砖、不锈钢等材料上，常年悬挂在各地。九龙坡建有楹联陈列馆，位于九龙坡区九龙镇九龙民间文化美食街，馆内展出的大多是本土楹联和书法爱好者的作品。国家级湿地公园彩云湖利用长廊、亭阁、台榭等为载体，制作了楹联作品进行展示，这对地处九龙镇，又在彩云湖湖畔的蟠龙小学来说无疑是实打实的宝贵资源。于是这两个地方就成了楹联书法组师生的宝地，每次有师生去参观陈列馆，文化馆的老师都热情接待，带领他们参观馆内展品，耐心地讲解每一副楹联作品的创作背景、书法风格、内涵和意义，孩子们每次都听得津津有味，对楹联作品及楹联书法赞不绝口，他们在每一副楹联前驻足、流连，对喜欢的佳联或适合自己临写的对子还用手机拍下来作为资料保存。彩云湖公园的楹联长廊更是孩子们时常和父母一起去娱乐休闲的场所，每到春暖花开的时节，这里就会有很多蟠龙小学的孩子的身影，有的孩子还拿着本子记录了公园里所有的 54 副楹联作品。身边的楹联文化熏陶着孩子们，使他们亲身感受到了楹联文化的魅力。有的孩子说："老师，原来楹联的历史这么悠远，它不愧为中国的传统文化，平仄之间很有韵律，字里行间蕴含着哲理，的确值得我们继承和发扬，我一定好好学习，不断创新。"有的孩子说："老师，我懂得了楹联的好多知识啊，不过楹联对得再好，书写得不好看也没有观赏价值，我要坚持练习书法，写好汉字，以后好写楹联。"……"取法于上，仅得其中；取法于中，故为其下。"大凡有成者都有一个渐进、渐悟、渐成的过程，我相信九龙楹联能浸润孩子们的心灵，孩子们必定会志存高远，能耐得住"昨夜西风凋碧树"的清冷和"独上高楼"的寂寞，即便是"衣带渐宽"也"终不悔"，最后达到"众里寻她千百度"，"蓦然回首，那人却在，灯火阑珊处"的境界。

三、搭平台促推广，重展示建自信

为弘扬中国优秀传统文化，展示孩子们长期练习书法的成果，促进学校楹联特色的推广普及，楹联书法社团的老师为孩子们搭建了各种平台，借活动促推广。

一是开展"挥春送祝福"特色活动。楹联走近寻常百姓家的形式是春节家家户户都贴的春联，它是春节的标志性礼俗之一，红色的楹联贴在大门上，房子顿时喜庆生辉，表达了劳动人民驱灾避邪、迎祥纳福的美好愿望，深得老百姓的喜爱。鉴于此，楹联书法社团的师生已经连续两年春节开展"挥春送祝福"特色活动。楹联书法组的孩子们在老师的带领下走出校门，拿出平时写得好的春联悬挂在路边，搬出课桌，摆上笔墨纸砚，就地铺开，红彤彤一片，很快就吸引了众多路过的群众、接孩子的家长，以及没进书法组的孩子们的围观，只要围观的群众、家长、孩子喜欢，他们就都可以免费得到一副春联，可以要写好的，也可以由孩子或老师现场写，有的孩子开始写的时候有些害怕，平时练习没有这么多人围观，手有些发抖，多写了几副就慢慢地信心满满了。孩子们一边写还要一边告诉索要春联的人，哪个是上联，贴在门的右边，哪个是下联，贴在门的左边，读的时候也要从右往左念。围观的孩子看到大哥哥、大姐姐挥毫自如，字字漂亮羡慕不已，都说要学书法，想写好楹联。很快事先写好的和现场写的近两百副春联都如愿地送到了大家手中。虽然楹联书法组的师生写酸了手腕，但自己的作品得到群众的喜爱，楹联文化得以传播，大家都虽累仍欢。

二是才艺展示，增强孩子们的自信。在每一次的学校文艺演出活动中，都必定有一个节目，那就是楹联书法组的孩子们展示他们的才艺，把平时创作的有美好意义的楹联写成书法作品，献给全校师生及家长，孩子们为能够有平台展示自己的所学非常开心，有很大的成就感，坚定了把楹联书法坚持下去的决心。这种以书写赠送楹联的方式既宣传了学校特色，又普及了楹联文化，逐渐深入人心，在校园内届届相传。

要给学生一滴水，教师自己必须要有一桶水，最少不能少于一碗水。作为教师的我们也要不断地汲取养分，广泛阅读有关楹联的书籍，坚持练习书法，以完善和充实自己。中国传统文化源远流长，我们所做的楹联书法教学工作只是冰山一角，沧海一粟，但见微知著。作为教育工作者，我们理应自觉担负起传承发扬传统文化的重任，从娃娃抓起，带领我们的孩子在深入学习传统文化的基础上，根据社会发展的需要和时代进步的要求，引领孩子们创造性地用传统文化的精髓充实新的时代内容，使之不断完善发展，以此铸魂育人，全面提升人民群众的文化素养，增强国家软实力，为实现中华民族伟大复兴尽绵薄之力。

参考文献：

[1] 徐生力：《试论书法与楹联的相互关系》，载于《对联民间对联故事月刊》，2013年第1期。

[2] 鲁晓川：《论楹联书法的美学特征和创作原则》，见《联墨艺术与时代——全国第三届联墨名家邀请展暨第二届对联论坛论文集》，2011年。

[3] 孙模志：《试论中国楹联书法艺术的审美特征》，载于《对联民间对联故事月刊》，2013年第7期。

培养低年级学生"抗仄"能力教育研究

王源源　雷正英

摘　要：楹联中有音韵之平仄，人生中亦有顺逆之境况。伴随着小学生生活条件的完善和提高，与之相反的是，小学生的适应能力、承受能力、抗压能力却越来越差。因此，在小学低年级教学过程中，教师必须要不断加强校园文化建设，重视小学生德育教育，对学生进行有效的挫折教育，以提高学生的"抗仄"能力，培养学生乐观向上的生活态度和坚韧不拔的心理品质。

关键词： 低年级学生　校园风气　师生关系　多方联动

低年级的小学生正处于身心发展的关键时期，由于其身体和心理发展都还不完善，在面对压力和挫折时很容易产生各种心理问题，因此，在小学教学过程中，教师的职责不能仅仅局限于传授学生科学文化知识，培养学生良好的学习方法和能力，更重要的是对学生进行情感、态度与价值观教育，引导学生树立正确的人生观、价值观，让小学生能够作出正确的价值判断和选择，使身心健康发展。

一、创设良好的教育、教学环境，发挥学生的能动作用，建设良好的校园风气

环境对学生的学习和发展有着潜移默化、深远持久的影响。在教学过程中，教师必须重视为学生创设良好的成长环境，让学生能够在潜移默化中接受正确的教育和引导，从而形成正确的人生观、价值观。对此，教师应该引导学生发挥主体性作用，师生共同努力推动校园文化建设，努力打造团结和谐的班集体，发挥学生的个性化优势和长处，让每一个学生的作用和价值都能得到彰显，以润物无声的方法对学生进行"抗压"教育渗透，帮助学生认识自己的优势和不足，引导学生学会正视不足，从而在面临挫折和困境时，能够做到冷静、理智，逐步提升学生解决问题的能力，促使学生作出正确的价值判断和选择。

低年级学生刚刚踏入校园这个环境，他们年龄小，心灵脆弱，班主任老师可通过绘本、童话故事等方式帮助他们正确对待生活中的负面情绪及事件。心理健康课上，心理健康教师可以通过团体辅导的方式影响学生，在一个强大的集体中，发掘积极的因素强大学生的内心。此外，在心理健康周中，可以用浅显易懂的方式开展校园心理剧，以对学生产生良好的引导和熏陶，提高学生的抗压能力。假期里，鼓励学生开展研学旅行和夏令营活动，让学生的抗挫折能力能够在各种环境和活动中得到锻炼和提升，提高他们的心理健康水平，帮助他们形成良好的性格和品德。教师还可以组织学生共创"挫折教育宣传栏"，

宣传一些学生直面困难、战胜困难的具体事例或者是革命烈士、社会楷模等优秀人物的感人事迹，让学生感悟其吃苦耐劳、英勇顽强的意志和精神，推动良好校园风气的建设。

二、建设良好的师生关系，因材施教、依需定教，锻炼学生的坚定意志

挫折教育必须要以人文关怀为基础，良好的师生关系对教育教学来说有着举足轻重的影响。在开展挫折教育时，教师要关心爱护班级的每一个学生，做到以爱来包容学生、引导学生，及时对学生的优点和长处进行鼓励和肯定，同时对其缺点和不足耐心地进行开导和指正，让学生能够在发扬个性的同时，做到"各美其美"。这就要求教师必须要努力与学生建立"平等、和谐、民主"的师生关系，以身作则，为学生树立良好的学习榜样，让学生能够"亲其师而信其道"，加深对挫折教育的理解和认识。

例如，教师可以适时地对学生进行鼓励和肯定。针对那些学习成绩较好的学生，教师要及时对学生进行肯定，让学生能够从学习中获得成就感和幸福感，从而继续热情地投入到学习当中。对于成绩平平甚至落后的学生，教师要深入了解原因，依需定教、对症下药，在学生取得进步时，教师要及时对其进行真诚的表扬，让其感受到尊重和支持的愉悦感，从而迸发出发愤图强的决心和力量。另外，教师还可以结合学校开展的心理健康普查，及时了解学生的心理动态，加强与学生的交流沟通，对存在问题的学生进行积极的关注和指导。

三、联系多方教育力量，营造良好的成长氛围，培养学生的健康思想

挫折教育不是某个教师单方面的教学任务，而是需要学生、任课教师、学校领导、家庭以及社会共同努力来完成的工作。低年级的小学生正处于性格和习惯养成时期，其思想观念和行为活动极易受到外界环境的影响。因此，教师必须努力协调好各方面的教育力量，共同

为学生创设良好的学习和成长环境，让学生能够在积极健康的学习氛围中养成乐观向上、积极进取的良好的思想品质，使学生能够学会正视挫折，勇于面对挫折，积极战胜挫折。

例如，教师可以定期组织学生家长召开家长会，与学生家长共同沟通交流学生在学校的学习情况及行为表现，促进家长与教师以及学生之间的交流，共同为学生打造更具体、贴切的教育措施。教师还可以组织定期家访，以此来了解学生的生活环境，与家长形成教育共识，为学生设计有针对性和实效性的教育方式，引导学生树立自信心和上进心。另外，教师还可以根据当地的实际情况，组织学生及家长共同到红色文化圣地接受革命传统教育和心灵洗礼。

总而言之，学生在成长过程中难免会遇到各种各样的困难和挫折，教导学生学会正视生活中的"平仄之美"是教师的义务和责任。对学生进行合理的"抗仄"教育不仅能够让学生可以从容地应对所遇到的各种挫折，还可以有效地塑造学生的性格和品质，促使学生养成坚韧不拔的意志。因此，作为低年级小学教师必须要及时关注学生的思想动态，努力培养他们的"抗仄"能力，为其人生发展奠定良好的基础。

参考文献：

[1] 曹瑞、郭钺：《关注中低年级小学生抗挫折能力，培养积极心理品质——基于小学中低年级学生挫折来源及应付方式研究的发现》，载于《少年儿童研究》，2008年第4期。

[2] 叶清：《浅谈如何培养学生的抗挫折能力》，载于《新教育时代电子杂志：教师版》，2017年第26期。

借力寓言，历练阅读高阶思维

蒋颖娟

摘　要：寓言文浅意深，通过故事的形式传承着人类文化，散发着智慧之光。寓言，寓之于言，就是把要说的道理寄托在所讲的故事里。现行教材中，寓言作为一种区别于散文、诗歌的特殊文学体裁而备受青睐。本文针对目前深度学习下寓言教学中"撒不开""判不明""悟不透"的浅表性思维表现，从"触发思的疑，还教学的真""凝聚思的巧，赋寓意的新""亲历思的辨，显童真的趣"三个方面阐述了如何借力寓言，历练学生阅读高阶思维能力的策略与方法。

关键词：寓言　高阶思维　疑思　巧思　思辨

读寓言已成为人们生活的一种方式，各大书店充斥着各种《小故事大道理》《小故事大智慧》，实际上就是寓言的现代版、快餐版。"寓言"一词最早见于《庄子·寓言》，"寓言十九，藉外论之"，后人解释为"寄寓之言"，被称为"穿着外衣的真理"。在小学语文教材中，寓言作为一种区别于散文、诗歌的特殊文学体裁而备受青睐。但教学中，不少老师却迷途于"不识庐山真面目"的浅表性思维中：

一是"撒不开"。即忽视寓言文本讽刺性和教育性的特点，拘泥于"读课文—讲故事—明道理"的单线思维教学。

二是"判不明"。将寓言人物脸谱化，固定思维，不是黑就是白，片面武断，缺乏对人物心理、情感、性格、态度等批判性思维的唤醒。

三是"悟不透"。抽象而拔高地讲解寓意，对文本深度的理解和挖掘不够，寓意的揭示不能做到水到渠成，而是牵强附会，造成思维的断层。

综上所述，这一系列浅表性思维体现难以在课堂中实现对寓言内容的批判性运用和对寓意的理解，不利于促进"人"的素养的形成。

2016年，一场人机大战使"深度学习"进入人们的视野。何为"深度"？美国教育心理学家布鲁姆提到认知领域的教育目标有六个层次，一至三层为"浅层学习"，属低阶思维，四至六层为"深度学习"，属高阶思维。窃以为，所谓高阶思维，就是在理解的基础上，学习者能够批判地学习新思想和事实，并将它们融入原有的认知结构，能够在众多思想间进行联系，并能够将已有的知识迁移到新的情境中，作出决策，解决问题。高阶思维是深度学习的思维层次，是高阶能力的核心。

那么，如何依体而教，借力寓言，训练学生的阅读高阶思维呢？我想，致力于"疑思、巧思、思辨"的寓言思维课堂探索，责无旁贷。

一、触发思的疑，还教学的真

学源于思，起于疑。任何"思"都是从"疑"开始的，并靠"疑"来推动"思"。高阶思维也是如此，只有触发思的疑，才能还教学的真。

（一）酝情境

情境的创设能最大限度地调动学生求知的主动性。直观演示、生动表演、情节再现等能迅速让学生入情入境，进入存感的状态。

（二）抓题眼

题目是故事的眼睛，很多寓言故事的标题都是对文章内容的凝练。抓住题目有利于学生整体把握故事内容，为深入的探究学习埋下伏笔。

（三）扣中心

中心是故事的灵魂。不少寓言故事的中心都隐含着寓意。因此，扣住中心句触疑，能促进学生对寓意的理解、迁移及创造。

二、凝聚思的巧，赋寓意的新

寓言文体的最大特点在于，将深刻且启人深思的哲理蕴藏在一个短小精悍的故事之中。凝聚思的巧，创造性地领悟寓意，引领思维方

式迈向高阶,从而让学习更具有挑战性。

(一)迁移思维,同中求同

迁移是个体根据已经获得的知识、技能和方法等获取新知识、新技能和新方法的深度思维能力。部编版二年级12课有《亡羊补牢》和《揠苗助长》两则寓言。通过学习第一则寓言,孩子们已经搭好了"起因、经过、结果"的故事框架,将此框架迁移到第二则寓言的学习,活学活用,同中求同,从而有助于对寓意的理解。

(二)发散思维,同中求异

有一千个读者,就会有一千个哈姆雷特。寓意也是多面性的。著名寓言《猴子和鳄鱼》从不同的角度理解有四个寓意:骗人者反而受骗;要防止得而复失;不可贪欲迷误;邪不胜正。作为教师,要根据学生求新、求异、爱刺激的心理,给他们尽可能多的赞同,切忌循规蹈矩地遵循所谓的"正确与否",多倾听不同的声音,多种角度、多种途径去思考问题。

(三)辐合思维,异中求同

异中求同是辐合思维的核心,这也是一种创造性思维。人教版小学语文教材中的《买椟还珠》《南辕北辙》《我要的是葫芦》《掩耳盗铃》分开看,寓意似乎大相径庭,合起来看却可以说明一个共同的道理:目的和手段(或途径)必须统一,否则将一事无成。这样的思维方式无疑是对深度思维系统的再构建。

三、亲历思的辨,显童真的趣

(一)联系自己,同比我与"他"

利用学生的同理心将读者与故事人物进行比较。教学寓言后,可安排"我想对某某主人公说什么"的拓展练习,在"我"与"他"的辨析中进行同比,拉近个体与文中的"他"的距离,进而使他们在儿童时期就能树立影响一生的正确的价值观。

（二）创新课程，类比他与"他"

狐狸在中国及欧美的许多故事中经常被赋予狡猾、贪婪的性格特点。在《狐假虎威》的教学结尾，为打破学生的固有思维，拓展了《狐狸和马》《狐狸孵蛋》《衷情的小狐狸》三篇来自不同国家、不同民族的故事。孩子们通过横向思辨，在他与"他"的类比中，感受到了狐狸善良而富有爱心等不同形象，打破了单一的思维模式，不仅实现了课程的创新，通过思维的亲历亲辨，也使孩子们感受到了主角的童真童趣。

瓦格纳在《教育大未来》一书中指出未来的人才应具备的七种关键能力，其中批判性思考和解决问题的能力排在诸多能力之首。作为一名语文教师，要牢固树立"文本意识""支架意识""课程意识"，训练高阶思维，追求"疑思、巧思、思辨"的课堂，为学生的深度成长插上飞翔的翅膀。

参考文献：

[1]《教育部关于全面深化课程改革，落实立德树人根本任务的意见》。

[2] 小威廉姆 E. 多尔：《后现代课程观》，王红宇译，教育科学出版社，2006年版。

[3] 王晓华：《深度学习应用实践》，清华大学出版社，2017年版。

[4] 托尼·瓦格纳：《教育大未来》，余燕译，南海出版社，2013年版。

[5] 薛法根：《文本分类教学文学作品》，福建教育出版社，2016年版。